COLECCIÓN POPULAR

976

ÚLTIMOS DÍAS EN EL PUESTO DEL ESTE

CRISTINA FALLARÁS

Últimos días en el Puesto del Este

FONDO DE CULTURA ECONÓMICA

Primera edición, FCE México,   2024
    Primera reimpresión, FCE España, 2025

Fallarás, Cristina
    Últimos días en el Puesto del Este / Cristina Fallarás. — México :
FCE, 2024
       103 p. ; 17 × 11 cm — (Colec. Popular ; 976)
       ISBN 978-607-16-8550-6 (FCE México)
       ISBN 978-84-375-0837-5 (FCE España)

       1. Novela española 2. Literatura española – Siglo XXI I. Ser. II. t.

LC PQ6706.A55 U48   Dewey 863 F525u

Distribución mundial

Últimos días en el Puesto del Este, © 2011 de Cristina Fallarás
por mediación de MB Agencia Literaria, S. L.
La primera edición de esta obra se publicó en 2011 por DVD Ediciones

D. R. © 2025, Fondo de Cultura Económica de España, S. L.
Calle Fernando el Católico, 86; 28015 Madrid
editor@fondodeculturaeconomica.es
www.fondodeculturaeconomica.es

Por acuerdo con Fondo de Cultura Económica
Carretera Picacho-Ajusco, 227; 14110 Ciudad de México
www.fondodeculturaeconomica.com

Diseño de portada: Laura Esponda Aguilar

ISBN 978-84-375-0837-5
DL M-73-2025

Impreso en España • *Printed in Spain*

Para Lucas y Pepa. Aquí están.

Se recomienda leer esta novela con el "Adiós Nonino"
de Astor Piazzolla como música de fondo.
Así se escribió.

DÍA 1

ARRECIA el frío y aquí, en el Puesto del Este, empiezan a escasear las vituallas. Nueve meses de sitio son mucho tiempo. Ellos siguen ahí afuera, ya casi nunca se les oye, pero podemos sentir su tensión y oímos también las patas de sus perros, las uñas contra la piedra. Su silencio es casi peor que lo otro. El Capitán partió a buscar algo, sólo eso, algo. Salió sin despedirse para no romper esto que llamamos equilibrio y que sólo es una representación a punto de romperse. Su ausencia resta ánimos a la tropa. Afortunadamente, están los niños y eso nos obliga a mantener el ánimo.

Anoche volví a soñar que hablaba contigo. Es importante. Descolgaba el cable de la radio y respondías desde aquellas tierras, no sé, desde quién sabe dónde.

¿Dónde estás? ¿Sigues vivo? ¿Conseguiste escapar y tienes una vida que se parece en algo a la vida? ¿Existe todavía ahí afuera esa posibilidad? ¿Dónde estás? Es importante sentir que puedo amar aún. No sé por cuánto tiempo. Descolgaba el cable de la radio.

—Hola, sigues ahí.

—No, no sigo, acabo de llegar.

—Mientes. No puedes vivir sin mí. Me estabas esperando.

En la radio de mi sueño jugábamos como cuando empezó todo esto, jugábamos: gato y ratón. En la última ocasión que te vi abrazabas a tu mujer en la entrada del aeropuerto en el DF, ¿recuerdas? Empezaste a volver la cabeza para mirarme una vez más, pero dejaste el gesto a medias y apenas pude vislumbrar tu pómulo derecho.

—No puedes vivir sin mí.

—No vivo.

—Sé que me estabas esperando.

—...

—¿Me estabas esperando?

—¿Cómo andan todos por allá?

—Siempre estás lejos.

Ni siquiera cuando sueño que vuelvo a hablar contigo te suavizas, pero me devoraste y no lo olvido. Ayer la pequeña me preguntó por el mar. Es imposible hablarle del mar a alguien que no lo conoce, como describir el amor. Le dije agua y le dije sal, movimiento y luna, le dije azul, negro, espuma, arena y roca. Te gustaba verme llegar mojada desde el agua aquella última vez, corriendo descalza hasta la terraza, yo notaba que se te reían los ojos, aunque nunca me miraras yo sabía que me estabas viendo, me divertía provocarte, tan serio y en tu lugar, con tus condecoraciones y las responsabilidades. Tan serios todos. ¿Por qué empezamos a tratarnos tan tarde? No es ésa la pregunta. ¿Por qué todo fue destrozado, se rompió, justo después de devorarme aquella única vez? Ahora se me ha quedado atascado el vértigo en el pecho, ahora sólo puedo amarte, amarte para siempre por no haberte amado. A tu mujer le asustaban los pescadores de El Coacoyul. Todo es azar, el modo en que fuimos a coincidir en la costa de Guerrero aquel último verano en el que ya todo empezaba a romperse. Otra vez. Cuando la niña me preguntó por el mar, estuve a punto de hablarle de ti, en fin, del amor. El mar es la convulsión que provoca el recuerdo de tu voz en mis huesos, que me convierte en polvo y después me sopla. Quizás por eso luego soñé contigo.

—¿Estás muy lejos, amor mío?

—Cruzaría el futuro por rozarte un instante.

—Dilo otra vez.

—Adiós.

¿Hasta ese punto te he construido?

Fue en la primavera de 2014. José me agarraba del brazo como si estuviera a un paso del precipicio, yo siempre estaba para él a un paso del precipicio, le gustaba colocarme ahí, imaginarme ahí, sólo para poder agarrarme fuerte del brazo y librarme de la muerte. José tenía la muerte en el tuétano, vivía con ella más que conmigo, yo le servía para volar a ratos, cortos. Vuestras citas, vuestras conspiraciones, vuestros ridículos protocolos. Me agarró fuerte del brazo y cruzamos la puerta del Dorchester para que todas las miradas vinieran a nosotros. Siempre era así. La envergadura de José, su fuerza y mi juventud, esa soltura de sabernos elegantes por poder. José y su mujer nueva. El veterano, el temido, el teórico y su joven polaca, la rubia del indio, mi escote tan blanco contra su oscuridad. Su pequeña diosa cubierta de azúcar impalpable.

—Vamos a cenar con unos amigos. Serás la más guapa, eres la mujer más arrebatadora, la mía, mi mujer.

Ese tipo de cosas. Quién sabe por qué no me molestaban ese tipo de cosas en José. A cualquier otro no habría vuelto a dirigirle la mirada, sólo por el posesivo, pero José era un hombre de cuando los hombres se educaban para galopar las tierras con fusta dura y reír a carcajadas, follar con las botas puestas y echarse al mundo cargados con un rifle por defender las cosas necesarias, las adecuadas, ¿cómo decirlo, las correctas? Un rifle, sí. Agarrar la cadera con ambas manos, enormes manos morenas, y manejarme así. Ya lo creo que me manejaba.

Recuerdo. Aquella noche Londres olía a aligustre y pensé que merecía el paso de mis tacones, seguramente por la forma en la que José me hacía sentirme en el mundo: situada justo en el centro, sobre una peana de mármol. En Londres todo cobra otra transcendencia, los acontecimientos se cubren con un aire ministerial. Será la reina. O será el imperio. La idea de Londres como centro del imperio en vuestras cabezas. Jugasteis, lanzasteis los dados: Nueva York, Londres, Moscú. Erais tan anticuados que daba risa.

Aquella misma semana había hablado con José.

—Dejémoslos en Londres con sus nieblas y el pasado. Vámonos tú y yo a Tokyo, ellos no te necesitan. Hay que estar en Tokyo, es el lugar...

Pero estábamos en Londres y entramos en el Dorchester.

Nosotros dos, tú y tu mujer y aquel tipo relamido, Gorostidi, que miraba. Hay hombres que miran como si ya estuvieran bajándose la bragueta y que susurran babas.

—Qué bella rubia. Le alabo el gusto, José.

Imbécil, imbécil, imbécil, sé quién eres, tú ejecutas el dolor y la muerte, sé tu nombre y conozco tus atribuciones, pero además lo llevas escrito en la mirada.

Y luego, tú.

—Un placer, señora. Mañana nos reuniremos aquí mismo, José, según parece.

Tu voz sólo, Ernesto. Me lanzaste tu voz sin mirarme. Recuerdo las grandes arañas y que pensé Esa voz, a la vez que pensaba ¿Sobrevivirían todas estas palmas tan enormes en casa, sería capaz?

—¡Ernesto! Mi buen Ernesto, siempre a la despistada. Qué bueno verte de nuevo. —José lo llenaba todo siempre de timbre y de algo que olía a metal aceitado, apartaba los sonidos y los restos con presencia—. Estrella, estás preciosa, cada día más joven. Gorostidi...

—Vendrán...

—Gorostidi, por favor, ahora no. Estas dos preciosas señoras no merecen que las aburramos.

A medida que te escribo todo esto, se me coloca en el paladar el sabor exacto del vino de aquella noche. Tengo la certeza de que jamás volveré a probar ese vino. Ni ése ni ninguno semejante. Aquí, además del agua, quedan varias botellas de ron, ya pocas, que yo no pruebo. No me reconocerías, tanto tiempo hace que no bebo. Aunque lo perdimos todo precipitadamente, hay algunas cosas cuya pérdida se sigue produciendo en mí a diario, y el vino es una de ellas. Son cosas dispares, algunas tan inconfesables como el carmín, el perfume o cierta ropa interior, las medias de seda, el sabor de los albaricoques aún calientes de sol, el champán con cocaína. Aquí me he dado cuenta de que necesitaba más mi *rouge* que los diarios de la mañana, sólo te lo confieso a ti, aunque ya qué podría importar, y a quién.

El Capitán está entregado en piel y cabeza a la supervivencia, se siente responsable, ha recuperado su muerte del alma. Yo trato de preservar mi capacidad de amar y una vaga idea de belleza que cada día que pasa se difumina más. Tenemos libros, claro, sobre todo restos de libros, y ahí me recupero y nos refugiamos, libros, papeles, lápices, tintas, ya conoces al Capitán. Los libros... El otro día vi cómo mi hijo León se llevaba a un lado a la pequeña, a las traseras del puesto, donde las grietas se han abierto de tal modo que a esas horas del día gruesas láminas de sol parten el espacio, carillas de oro para los niños. La pequeña crece salvaje y misteriosa. Sólo confía en su hermano y en mí, y a veces en el Capitán, que con ella nunca ha ejercido de padre. León agarró de la mano a la pequeña y se sentaron sobre la piedra entre dos hojas de polvo dorado en suspensión, con los ojos cerrados. Él, con las piernas cruzadas y los codos apoyados en las rodillas. La niña muy tiesa, con las piernas rectas y la carita levantada al mediodía, pura expectación. Era evidente que se trataba de un ritual acostumbrado. Entonces él arrancó, de corrido, de memoria, sin vacilar: Llamadme Ismael. Hace unos años —no importa cuánto hace exactamente—, teniendo poco o ningún dinero en el bolsillo, y nada en particular que me interesara en tierra, pensé que me iría a navegar un poco por ahí, para ver la parte acuática del mundo. Es un modo que tengo de echar fuera la melancolía y arreglar la circulación. Cada vez que me sorprendo poniendo una boca triste; cada vez que en mi alma hay un nuevo noviembre húmedo y lloviznoso...

¿Recuerdas?

A tu mujer le asustaban los pescadores de El Coacoyul creo que porque pescaban tiburones —"Esas bestias, esas bestias", decía negando con su mano de condesa algo rusa, algo venezolana, no se sabía si por los tiburones o por los pescadores—. Entonces tú me mirabas sólo una chispa, lo justo para encenderme.

—Llámame Ismael.

Sólo para mí. Sólo entre tú y yo. Ese tipo de tonterías, seguramente las mismas que me mantuvieron con los ojos cerrados hasta el final, tu distancia frente a mis insatisfacciones, mi empeño por devorar un espejismo. Los recortes de las hostias, sí, algo parecido al desecho de las obleas.

DÍA 2

PARECE que el frío nos ha dado una tregua. Y la noche. Aquí en el Puesto del Este el amanecer es momento de lucha, esa actividad apresurada que tape todas las derrotas y que no pasará del mediodía. Los bárbaros siguen ahí afuera, los otros. Durante la noche oímos algunas palabras, palabras como puta, fuego y dios, que nos recuerdan la amenaza. Si supieran que son esas palabras las que me dan alegría, las que me recuerdan que estamos vivos... Eso y la esperanza de un improbable encuentro piel a piel con alguno de los fantasmas de entonces. O con el Capitán.

Este estado de las cosas no casa en absoluto con el amor, puedes imaginarte, el amor. Si el Capitán se enterara de que sigo alimentándolo en secreto, puliendo los recuerdos hasta hilarlos y dejarlos en cueros, me mataría. No por la infidelidad, ya no queda nada de todo aquello, sino por frívola. La frivolidad es también diferente en el sitio. El amor como ejercicio de frivolidad. Pero ¿acaso no se sigue amando en las guerras, no se sigue comprando pan, amamantando al hijo, deseando al padre? Necesito saber que sigo amando, cómo decirlo, que sigo siendo capaz.

Y que aún puedo ser amada. He descubierto un espacio propio. Arriba, en la torre que cayó, los sillares han creado una mínima covachuela de difícil acceso. A ningún adulto se le ocurriría subir a la torre a estas alturas y los niños no alcanzan el agujero de entrada. Llegué hasta allí en busca de un lugar para llorar. Entiéndeme, el llanto es algo que no me puedo permitir aquí, que no podemos, nada que rompa el ánimo, que descorazone, pero a veces tengo que hacerlo, es imprescindible. Por la misma razón, por mi empecinamiento en las capacidades: la capacidad de amar, de sentir deseo, la capacidad de odiar, la capacidad de sentir un desprecio tan profundo como la última náusea. No debo perderlas. Si cedo a la pérdida no habrá final, no acabará nunca, seremos piedras y todo permanecerá en la muerte. Descubrí el agujero buscando aire. Me asomé y allí estaba la gruta formada por la ruina en su caída, un lugar como llegado del pasado, con luz, luz y calor. Los rayos se colaban entre las grandes piedras. Desde entonces, me tumbo allí. Me desnudo despacio para tumbarme, como si estuviera realmente vestida y esto que me cubre no fueran los harapos de un desguace de beneficencia. Desnudarse ahora parece un acto de rebeldía, con qué soltura nos desnudábamos, cómo cambian los gestos su significado. Pero me quito la ropa de otra forma. Sin perder la música sexual, mis movimientos no son un acto de seducción ni de excitación ni de ceremonia, son un acto de intimidad. Me demoro en dejar los restos que me cubren en una esquina y también me demoro en el acto de extender mi cuerpo, desplegarlo sobre la superficie irregular, dura y áspera de las piedras sillares y los guijarros.

Me asaltan algunas de aquellas frases que dejaste caer.

—Espléndida extensión de piel, señora.

No es un acto de masturbación, aunque algún orgasmo logre abrirse paso sin llegar a alcanzar aquella frescura, pero es erótico. Con la espalda sobre el piso y el cuerpo derramado para abarcar la luz, me recorro la piel con las puntas de los dedos, toda la piel, los más pequeños escondites. La toco para que sea tocada. Temo que si no lo hiciera, acabaría por mandar al olvido todo resto de sensibilidad. Aquí los encuentros sexuales son un trámite de satisfacción orgánica, ellos follan como animalillos, sin invocar al diablo, ni siquiera sacan la bestia. Sé que recuerdas mi ombligo, los huesos de las rodillas, el empeine. Sé que estás vivo y allá donde estés recuerdas el once de mi nuca, que aún sientes aquel hormigueo al pensar en mis pies, un pecado rojo puta en cada uña, mi pie entrando en tu boca, dios, ocupándola entera, arrancando el gemido bronco de mi centro vertido, derribada frente a tu larga figura en alto, una sacudida lumbar, el arco de la espalda subiendo hasta la línea de tu deseo, un deseo de sangre, tus labios feroces, tus dedos abriéndose paso, un enganche para alzar mi grito, una inyección de vida. Como si todo hubiera sucedido.

Me hice daño en la espalda. Sangré un poco y me sentí viva.

—No te acerques.

Era toda una actuación, nada nuevo, al menos al principio. Aquella noche primera actuaba para ti. El Dorchester bullía, brillaba y vibraba como un colgante de dama en forma de sonajero sobre el pecho de la debutante, como las cosas que hacen drilng. Esas cosas pasan. Pasaban: de repente, darme cuenta de que llevaba mucho rato actuando para ti, solamente, me refiero a no haberme dado cuenta antes, no actuar de manera consciente, con la decisión tomada, sino caer de repente en la cuenta, cuando ya nada tiene remedio. José y Gorostidi habían terminado con el vino y luego con el champán y nadaban ya en coñac. Estrella, tu mujer, se aburría mortalmente con mi conversación, que viajaba a través de su figura algo ajada, aunque bella todavía, para que tú la recibieras desde la charla de al lado, en la que Gorostidi parecía a punto de entrar en ebullición y José vibraba futuros armados.

—¿Me concede un baile, señora?

Como aparece de repente una cucaracha americana junto a la copa de champán francés sobre el mantel de hilo crudo, así la voz de Gorostidi entre nosotros.

—Gracias, caballero, pero no me apetece bailar.

Se hizo el silencio que no hay que romper.

—Mujer, sólo un baile con este admirador arrebatado.

Un hombre nunca debería insistir en el baile ni en el beso ni en la felación, y mucho menos en público. La segunda negativa provoca una humillación salvaje cuya semilla nunca ya dejará de crecer, ni el hombre de abonar esa tierra podrida. Pero yo reía a pecho blanco, inconscientemente, sin prestar atención a aquello que acababa de poner en marcha. Reía para ti. Manejaba la melena entre los dedos creando un alfabeto fugaz que finalmente hicimos nuestro, tan tarde, lanzaba mi seducción cruzada hacia tus oídos y tu vientre, sí, hasta ahí apelaba. ¿Qué importaba el resto, qué importaba nada?

—No te acerques. No podría soportarlo. Esa voz.

Justo antes habías intentado hablar con los otros dos, sin éxito.

—Todo esto está bien, amigos, todo bien, pero... Ya saben cómo acabará. Ya saben cómo acaban estas cosas. Siempre es lo mismo.

—Ustedes siempre pierden.

Tu esposa escupió la frase sobre los tres, se levantó y ya no regresó al salón de las palmeras aquella noche. Debían de ser las dos o las tres de la madrugada. Decenas de parejas bailaban y reían al compás de una orquesta que simulaba ser la mejor orquesta de la Cuba prerrevolucionaria justo en el momento de las conspiraciones últimas. Era cosa de José, la orquesta. Ah, los símbolos. A José le perdían los símbolos, el alcohol y las conspiraciones. A mí, bailar. Los hombres y bailar, para ser más exactos.

—Baila conmigo.

—Disculpe, pero yo no bailo.

Al volver la cara hacia mí, tus ojos se me colgaron de la boca y fue peor. No mires la puerta de entrada o te condenarás, no mires el acceso a la gruta o ya jamás podrás dejar de pensar en entrar, en la gruta está la bestia, si miras estás dentro aunque nunca accedas.

—Mírame a los ojos y no me trates de usted, por favor.

—Disculpa. No bailo.

Hasta ese momento no nos habíamos mirado. Cuando dos personas logran no mirarse durante cinco horas en las que comparten mesa con otras tres, mirarse es la única cosa que querrían hacer en el mundo y el miedo y el futuro y el deseo. Rememoro este tipo de detalles que ya se perdieron preguntándome por qué han desaparecido, si es que no eran esenciales, congénitos, si no formaban parte de nosotros sino de una época, de un modo de vida, y me aterro. Aquí no ha vuelto a sucederme ese impulso de conexión animal que enlaza a dos personas al arrebato total sin explicación posible. Me pregunto si me aferro a tu recuerdo porque ya no sucede, o si ya no sucede por estar colgada de ti.

—Pero ésta no parece la primera vez que nos vemos, ¿verdad?

Era cierto eso, no lo parecía. Me incliné sobre la mesa y traté de alcanzarte el brazo con la mano. No era más que desenvoltura, champán, cocaína y una rutina de admiración habitual. Entonces. Si hubiera podido desanclar mi atención de tu voz y tu mirada y de mi sorpresa de ti, habría visto el gesto del otro, Gorostidi regando su rabia, qué inconsciencia, qué falta de atención al dolor.

—No te acerques.

Retiré la mano asustada, el corazón en las sienes pone el ridículo a sudar, no tenía costumbre. En tus ojos había un general y en los labios, la guerra.

—No te acerques —en los pómulos, por compasión quizás, una tregua, con el cansancio de la noche y de todo el resto de cosas a las que yo no tenía acceso ni quería—. No podría soportarlo.

Esta tarde han venido a verme algunos hombres. Yo no trato con nadie. Llegué como la mujer de Capitán y vivo, dentro de lo posible, en una urna. El Puesto del Este es grande, no me necesitan, los detesto. Detesto cualquier cosa que tenga que ver con esto que sucede. Y vuestras condecoraciones, vuestras batallas viejas, vuestros restos de cárcel. Podríamos estar desnudos, beber campari, remar, recitar jaculatorias, podríamos incluso morir. Todo menos este estado de sitio. Qué idiotas fuimos, qué necios, las ideas o la vida, vuestros juegos, qué infantil. Todos los hombres poniendo en fila su pequeña alma de soldados, la que guardan desde siempre, la verdadera. Querían saber si a mí el Capitán me había dado más información que a ellos. Ese gesto suyo habría resultado impensable estando él aquí. Nadie se acerca a mí, sólo los niños. Yo no hablo.

—Pero ¿sabes si ha salido por mucho tiempo?

—El Capitán no me informa de esas cosas. Volverá.

—¿Cuándo volverá?

Son las criaturas en aquellos largos viajes en avión, ¿cuándo llegaremos?, ¿aún falta mucho?, tengo hambre, ¿cuánto falta?

—Volverá, ¿no basta con eso?

Ellos obedecen al Capitán ciegamente. Por él están aquí y no muertos quién sabe en qué horrendas condiciones. Todo fue atroz aquí.

DÍA 3

ALGUNAS mañanas, especialmente las que siguen a las noches de oración, resulta muy difícil levantar el ánimo. Cumplo con mi papel. Salgo a la zona común, pongo sobre la gran mesa los manteles, los cubiertos, caliento el té, o las hojas que encuentre, horneo el pan, o lo que sea que comemos en esta ficción, y canturreo lavada como para recibir una mañana de primavera en la que los niños corrieran y las hortensias escondieran aún sus humedades primeras, una mañana con abejas zumbando, mantequilla helada y mantelería de hilo en el jardín de atrás, con los tábanos de las caballerías. Es mi papel. Ellos me miran y se sienten bien. A los niños les encanta. Creo que se trata de las ceremonias y un cierto orden en las repeticiones, eso es necesario, los reacomoda. ¿Te acuerdas de aquel tango que volvía al Sur? Tampoco entonces me mirabas. Como un destino del corazón. Tu respiración, tu aliento en el cuello. Hoy me he levantado con esa canción en los labios y en el ánimo, a los críos les encanta porque entienden la letra, sin duda la prefieren a las de Cohen o el *Ziggy Stardust* de Bowie, que son algunos de mis clásicos de las últimas mañanas, básicos de los que León conserva algún recuerdo. Los recuerdos de León marcan mi música. Es importante, eso creo, compartir algo más con mi hijo, algo que le haga sentir único, sentir hijo. Con la pequeña es diferente porque tengo la impresión de que hay algo en ella irrecuperable. Iban todos chillando Sooooy del sur, Vueeelvo al sur, con las cucharillas en alto, persiguiéndose como si bailaran, una tribu inocente despidiendo la vida, y se inventaban sures: huelo el sur, quiero al sur, vuelo al sur, vendo el sur, me como el suuur... mientras me ayudaban a poner la mesa. En esos momentos, los adultos quedan en algo que se parece a la paz, aunque sea la paz de un desierto calcinado. Y me respetan. Pero hoy ha resultado especialmente difícil. No he conseguido establecer un calendario o algo que ponga orden a las veladas de oración de los bárbaros, los de afuera, no sé por qué algunas noches sucede. Si lo supiera podría poner remedio a estas mañanas, si pudiera preverlo. La noche estaba ya honda cuando me han despertado sus cánticos. He corrido a buscar a León y a la pequeña a la estancia de los niños, para acurrucarlos conmigo en mi cuarto, les asustan mucho los alaridos que siguen a los salmos, y los perros, aunque junto a mí se hagan los valientes. No podemos ver qué sucede afuera, ni creo querer verlo. Afortunadamente, la noche cerrada y su posición impiden que un día la curiosidad pueda más que mi temor. Hombres, mujeres y perros aullaron anoche hasta minutos antes de que la claridad sin futuro de este invierno que comienza lavara el dolor. Es la ausencia del Capitán, y la escasez. Con él en el puesto no sucede la porquería. Sin él, aparecen pequeños desperdicios que pulverizan esta ficción de calma. Casi nada. Es asombroso cómo un minúsculo desperdicio en una esquina puede desgarrarlo todo, echar por tierra la construcción de meses, igual que la patada de un hombre contra mi canto de la mañana y el canto de los niños, esa patada que nos ha roto a todos.

¿Para qué? He estado a punto de chillar. Habría sido la primera vez. He mirado a las criaturas.

—Niños, estamos vivos, somos capaces, tenemos esto. Esto, esto que tenemos es nuestro. Brindemos por ello con nuestras cucharillas.

Y hemos vuelto al sur y a cantar, pero ya estaba todo hecho pedazos. Son listos los niños. Mi trato con ellos es una venganza hacia los adultos, hacia su mezquindad, su suciedad, contra su inmundicia y las ganas que tienen de despedazarme y despedazar lo que queda. Pero no queda nada.

—Te apetece más un paseo conmigo.

—Me apetece un paseo.

En el Dorchester de Londres incluso las arañas titilantes fingían despiste. Podría haber conocido a los otros seis hombres que junto a José, Gorostidi y tú habían decidido que la actuación era imprescindible —los hombres que conspiraban, los conjurados, la vanguardia, oh— y urgente. Podría haberme acercado a José, haberme puesto de puntillas para besarle la cara como una forma de mostrar mi existencia y mi condición, abrir las plumas y volver a barajar. Una nueva mano, a jugar, señores, vayan pasando. Pero estabas tú y era suficiente. Lo pienso ahora, todo esto.

No recuerdo las calles de Londres ni los lugares que recorrimos, sólo que tu brazo y tu presencia me vaciaban el interior de aire como si algo terrible fuera a suceder y se tratara de ti. Lo pienso ahora. Entonces reía.

—¿Dónde vives?

—A caballo entre París y Buenos Aires.

—No me gusta París, son gente vieja. ¿Me invitarás un día?

—Tu marido y yo nos formamos juntos en Buenos Aires, y luego en Washington. Yo me quedé en Buenos Aires. Él fue más listo.

—A ti no te gusta la violencia. Ni te gusta todo esto.

—En la violencia, lo de menos es que te guste o no.

—Ya, pero ayer me estuve fijando en ti. No disfrutas. A mí todas las cosas de José me dan miedo y un poco de rabia. ¿Me invitas a beber?

—La violencia es imprescindible. Todo es violencia. En los bares de Londres se detuvo el tiempo hace mucho polvo y todo parece estar a punto de romperse, de ajarse, de estar sucio. En los bares de Londres se puede vivir en silencio para siempre.

"Dos ginebras.

—Doble, para mí.

En el centro de la incógnita está ese momento. Es el instante en el que todo cambia irreversiblemente. Tú, hasta ese momento, un desconocido, otro más, una posibilidad de pasión como se alimenta al animal salvaje que una guarda en el dormitorio, un naipe en la baraja, vuelve a mover, abre otra mano, rompe los corazones, cómetelos, sé la reina. A partir de ese momento, todo o nada, dejar de ser un hombre para ser un estado de ánimo en el que la familiaridad más impúdica se mezcla con una tensión bestial de un centro al otro centro. La necesidad de tacto y la conciencia de que en ese tacto, en cada una de las veces, todo volverá a cambiar, irá a más y partirá la tierra. Si en aquel momento nos hubiéramos apenas rozado, y nada podía existir que deseáramos más, habríamos caído sobre la moqueta fulminados por una voracidad que era deseo pero más, porque era la muerte.

—¿Podrías soportarlo hoy?

—Hoy quiero beber yo.

—Bebamos, pero ¿podrías soportar que te tocara?

—Tengo sesenta años, mujer, la vejez es irreversible... la muerte no.

—Se está tan bien contigo.

—Pareces otra.

Te busqué en las listas cuando todo estalló. Luego escapaba por la noche del refugio hasta algún puesto de radio, y para comprobar que no se habían añadido nombres a las listas clandestinas. Estábamos acostumbrados a la información como al aire. José decía que se trataba de la velocidad de los hechos. Todo había sucedido demasiado rápido, según él, como tirarte de golpe en una piscina de agua helada te deja sin respiración, nosotros vivíamos apabilados. Yo sabía que se trataba de las evidencias. No me gusta decir esto: en algo sí teníais razón vosotros. Los bárbaros estaban a las puertas, los bárbaros organizados, obedientes, sumisos como un ejército de dios, porque eso es lo que realmente eran, un ejército de dios, más otro ejército de dios, más otro y otro. Todos a la vez. Pero ¿quién nos lo iba a decir? Las evidencias son lo importante, marcan los acontecimientos, nos manejábamos por las evidencias, la gente respondía a las evidencias, el mundo actuaba contra y por las evidencias. Nada valen las sospechas o las intuiciones, vuestra intuición, frente al mandato de la evidencia. Y en el reino de lo evidente siempre triunfa el emboscado. Ahora parece evidente, los desastres siempre resultan evidentes después. Vosotros erais los listos, nadie os iba a hacer caso. Jajaja, reían los bárbaros ocultos como ciudadanos de bien, como dirigentes correctos, como obedientes comunicadores, jajaja, mirad a los iluminados, mirad a los apocalípticos. Vosotros aplicabais la experiencia del dolor y del desastre para trazar vuestra intuición, un dibujo de la amenaza, pero aun así nadie la veía como nada más que una premonición exagerada.

Los bárbaros se adelantaron, eran los emboscados. Vosotros erais los listos, pero ellos eran más.

Eran casi todos. ¿Dónde estaban metidos? No eran evidentes. Es sustancial, la evidencia. Cuando se echaron a la calle, cuando se empezaron a destapar en los gobiernos, cuando los signos que habían ido emergiendo se hicieron evidentes —de nuevo la evidencia— y se trenzaron y formaban ya una red fatal, nos mirábamos sin dar crédito. Nos negábamos a creerlo. Yo también. Vosotros no, y aun así no os perdono la lucidez, no puedo hacerlo, porque os siento partícipes de mi pérdida. Yo también me negué, aunque eso no importa, porque nunca me separé ni un milímetro de mi papel, y mi papel estaba a vuestro lado.

No os perdono. Todo perdido, y tú.

De repente, un ataque sin respuesta, un incendio aquí, una banda armada allá, agresiones sin respuesta, exhortaciones sin respuesta, horror sobre horror sin respuesta, la no respuesta era lo que nos apabilaba, nuestra piscina de agua helada, gobiernos mudos, silencio internacional, caer en la cuenta de que ya habían tomado los puestos de poder, de que estaban ya agazapados fingiendo lo que no eran, esperando lo que sabían que iba a suceder.

Te busqué en las listas cuando todo estalló, desesperadamente te busqué y enloquecida, arriesgando mi vida, descuidando a los niños. Luego he aprendido a no tener prisa. Sé que estás vivo. Si no existiera esta certeza, no existiría yo. Al fin y al cabo, de eso estamos hechos. Así funcionaban las cosas, las cosas que conozco.

—¿Piensas en mí?

—No hago otra cosa.

—Hazlo.

—Eso justifica mi existencia, sólo eso.

—Jajaja, tú eres injustificable.

—No lo digas en voz alta.

El Capitán reaccionó desde el primer momento. Mi papel había terminado, porque las comunicaciones ya no eran fundamentales. Mi papel: buscar redes de contactos entre ellos y romperlas, colar ruidos en las conexiones de los bárbaros, cortar los vínculos entre unos y otros. Un papel discreto pero de suma molestia, *hacker* de lujo perfumada de Chanel. Nunca lo comentamos. Imagino que sabías de mi participación, pero no resultó necesario en ese tiempo tan corto. Yo era la mujer de José, la Polaca, o la borracha, o la indómita, o su puta rubia, o la puta del resto, o su compañera, o tantas otras cosas, según quién hablaba. Tampoco eso me molestaba. Ahora, ya ves, mi único papel y quién sabe si mi salvación, consiste en ser la esposa del Capitán, y tampoco me molesta. José nos sacó de en medio a mí y a los niños en cuanto vio la que se nos venía encima. Los incendios en París, Roma y Berlín fueron definitivos. De los enfrentamientos que después pusieron a sangrar Nueva York y Washington tuve noticia ya desde el refugio. A nosotros, el golpe nos detuvo en el aeropuerto de Barcelona, haciendo escala hacia São Paulo. Tuvimos mala suerte, sí, un par de horas más y ya habríamos estado en el aire. Se encarnizaron desde el principio con Europa, era de esperar. O no. Yo qué sé, si en realidad nada era de esperar, todo sucedió inesperadamente. Se encarnizaron con el occidente europeo. Supe que algunas ciudades norteamericanas y sudamericanas también ardían. ¿Qué pasó después? Nos han ido llegando noticias que sabemos falsas. Este encierro ya no permite confiar en nada. Aguardo el regreso del Capitán con tanta necesidad que duele. Alimento la esperanza de que me diga que todo quedó en nada, que mandan pero no matan, que en otros lugares terminó el dolor y que nosotros, aquí, en el Puesto del Este, somos sólo una excepción en manos de una panda de locos exaltados. Pero sé que no debo.

DÍA 4

HA LLOVIDO toda la noche sobre el Puesto del Este. He soñado que el puesto era una gran barca. Supongo que he soñado que era el Arca de Noé, claro. Odio seguir compartiendo sus mitos. Decíamos es nuestra cultura, decían no elimines los cimientos de la civilización, dejábamos que sembraran cruces, lunas y estrellas. ¿Por qué no aparecías tú en el sueño? No dejes de venir, no quiero estar sola, temo el dolor. No temo la muerte, sí el dolor.

Después, ha vuelto a suceder. El Puesto del Este va perdiendo sus detalles y los objetos. Estos meses erizados han roto parte de las cosas que quedaron después del mercadeo. Lo que aquí había de valor sirvió durante las primeras semanas para conseguir alimentos, combustible, química, en eso el Capitán fue el más listo, como siempre. Todos aquí decían, y yo decía, Es cosa de cuatro días, después nos despedazarán o vencerá la vida.

—Somos un símbolo, no van a tocarnos. No nos dejarán salir, pero tampoco nos matarán. Nuestra permanencia, nuestra existencia es su baza.

Así que su mayor empeño, desde el principio, fue conseguir todo lo que fuera posible adquirir afuera en alimentos y combustible y farmacia, a cambio de las joyas, los billetes, las ropas, las cuberterías, todas las chucherías de una vida excelente. Estaba enloquecido y nada le parecía suficiente. Acumular, acumular, acumular. Llegué a pensar que estaba equivocado, ésa fue la última vez, hace ya tiempo sé que el Capitán nunca se equivoca. Entonces también lo sabía, sólo que dudé. Pactó conmigo la conservación de aquellos objetos que consideré imprescindibles para mí. Tiene esos gestos.

—Lo que necesites, escóndelo, porque si lo encuentro me lo llevaré. Confío en tus necesidades porque serán las nuestras, las de todos.

Ya se había ido definitivamente de lo que era, de lo que había sido conmigo, había vuelto a su muerte. En realidad creo que el paso del Capitán por el amor y la ternura fue fruto de la inactividad y esa voracidad suya, la confluencia de la inactividad con la avidez. En fin, el amor fue fruto de la voracidad y los hijos, resultado de ese amor, aunque no dudó ni un instante cuando comenzó el sitio: todos los hijos eran hijos, todos suyos o ninguno suyo. No quise comprenderlo, pero lo acaté, por supuesto. Si lo hubiera hecho, si lo hubiera comprendido, no habría podido sobrevivir.

Hoy ha vuelto a suceder. Tras el desayuno, cuando los niños aún no habían echado a correr, uno de los hombres ha lanzado su taza de porcelana de Capodimonte, la que fue mi taza de porcelana de Capodimonte, contra la pared. Lo he hecho bien, de nuevo he conseguido no gritar. Las habitaciones agrietadas están inservibles por las horas de lluvia y eso quiebra también los ánimos. Eso y la ausencia del Capitán. Hoy han aparecido más inmundicias. Ellas defecan en las esquinas como forma de protesta. Defecan contra mí, que permanezco limpia todavía. Parezco intacta y sé que algo en mis maneras les hace sospechar que sigo amando, que algo, no saben que eres tú, casi ni un recuerdo deshilachado, cómo podrían, me salva. No pueden soportarlo.

Hoy han venido otra vez los hombres. El hombre llamado Miguel ha vuelto a tomar la palabra.

—¿Qué vamos a hacer?

Sé que ese hombre actúa espoleado por su esposa. Sé que su esposa es la que siembra de porquerías casuales las esquinas donde juegan mis hijos. Ella no conoció la belleza, no sabe lo que ha perdido e ignora lo que todavía posee, por eso despierta mi compasión. Maura, se llama. Todos ellos, hombres y mujeres, tienen, tuvieron, sus profesiones, sus estudios, sus conocimientos, seguramente solían ver ficciones, leer ficciones, ese tipo de cosas, y comentarlas. ¿Por qué entonces esa incapacidad tan manifiesta para la belleza, esa rabia infantil?

—No sabemos qué salió a hacer el Capitán ni cuándo volverá. ¿Cuánto tiempo podremos resistir así?

—No tengo respuestas.

¿Qué podría decirles que no me ensucie, que no me implique? ¿Cómo entrar en su diálogo sin sentir que me traiciono, que me abandono un poco irremediablemente?

—Pero usted...

—Yo me ocupo de las cosas cotidianas. No sé nada de los planes del Capitán.

—Por lo menos sabrá qué ha ido a hacer.

—Sé que volverá, si es eso lo que le preocupa. Pero no lo sé porque él me lo haya dicho, sino porque lo sé.

—¿Y qué se supone que debemos hacer nosotros? Entonces me he dado la vuelta y me he marchado.

No ignoro que todas esas preguntas son en realidad un ataque directo contra mí, contra mi persona y lo que represento. Ojalá ellos lo supieran también, pero lo dudo. Creo que simplemente actúan y empiezan a atacar sin pararse a pensar lo que hacen y por qué. Ahí radica el peligro. Mi peligro.

—Tú marcha fue mi espuela. Y eso eres todavía.

Tres meses desde nuestro encuentro en Londres, nuestro encuentro sin tacto, sin despedida. Al día siguiente de aquella silenciosa tarde etílica, aquellas horas que nos aislaron juntos ya para siempre, José me despertó de madrugada. Un dolor de clavos en el cerebro sabía a vida tibia.

—Nos esperan en Madrid.

Salir corriendo, visitar los salones, gritar tu nombre por los pasillos, llamar a la puerta de tu habitación para decírtelo. Decirte No dejes que me vaya, ¿qué va a pasar ahora? ¿Cómo vivir sin ti?

En cambio, volví a vestirme las plumas, me subí a los tacones y salí perfumada del brazo de mi indio bravo hacia tierras españolas, a barajar más naipes, quizás como siempre. Nada fue como siempre. Ahora ya siempre no existe.

Porque después se sufre una regresión a los afectos infantiles y la emoción parece proceder de una jornada de función escolar. El enamoramiento es un estado carencial y está ligado a la locura o a alguna enfermedad como la del niño de la burbuja. Ahí mi burbuja, quizás nuestra burbuja, qué más da ahora, que me aislaba del mundo con el mundo observándonos. O las putas en el escaparate, deslumbradas por los focos tintados de rojo, necesariamente deslumbradas para no parecer bestezuelas asustadas todavía con vida en el mercado de la carne, a la puerta del despiece.

Eras lo último que esperaba encontrarme en la casa de El Palmar de Cádiz, una escala improvisada de paso hacia Sevilla, una visita a los Kruggen para calmar los ánimos. José me regalaba una tregua que yo no le había pedido y que por lo mismo excitó todas las inquietudes. José no regalaba treguas, lo sabes bien, sino antes de los encarnizamientos. Yo también lo sabía. Nuestra escala en la casa de Cádiz era la puerta a un tiempo acelerado en ausencias y desplantes, el comienzo del tiempo de lejanías en el que él se recuperaría en la muerte. Ni siquiera sabía de tu contacto con los Kruggen, una tontería por mi parte, éramos cuatro, las conexiones resultaban inevitables. Ya todo en ese tiempo estaba pactado, vuestros encuentros, mi participación, los pasos adelante, nada había casual. Paramos en Cádiz cuando las cosas ya estaban decididas, y ahí esperabas tú.

Tampoco me miraste entonces. Ni para saludarme, escudado en José y en los amigos, ni durante la cena: estabas ahí y todo el tiempo estabas conmigo, sólo conmigo, para mí. Sabías que hablabas para mí, que intervenías en mi tiempo y en mis vísceras cada vez, golpes suaves, que la presencia era todo y el mundo temblaba.

Mi amor, mi dulce amor distante. Quién sabe por qué unos cuerpos atraen a otros cuerpos, por qué la composición de un cerebro (¿debería hablar de alma?) y su estructuración y la manera en que se narra conectan a dos personas hasta el punto de enloquecerlas. Y más allá, por qué conectan a una sola persona enloquecida sin que la otra dé paso al fenómeno, abra esa divina puerta. Pero ahí ya deberíamos entrar a diseccionar la mezquindad y el miedo, dos sentimientos que tengo demasiado presentes aquí, que conforman el todo cotidiano en el que paso estos últimos días.

Lo que el enamoramiento tiene de locura. Eso está

muy cerca también de la situación en la que me encuentro, eso quiero creer. Tengo la suerte de que este estado de sitio me permite acercarte lo necesario para darme la vida, y también alejarte lo suficiente para ofrecerme un resquicio de lucidez.

Estás presente todo el tiempo en mí, y eres dos. Eres el que yo construyo armando un *patchwork* satisfactorio con los retazos que he recortado de nuestro ser común. Y eres el otro, los recortes de desecho. Pienso en los restos de las hostias que las monjas vendían a las niñas como chucherías. Estaban las hostias, redondas perfectas, a consagrar, carne de la carne de su jodido cristo desangrado, tan culpable de todo esto, de todo lo que ha sucedido, de todo. Y estaban luego los recortes imperfectos que, seguramente retirados de algún suelo lamido por muy pías lenguas en contrición, las monjitas metían en bolsas transparentes para venderlos a las niñas buenas. A las otras. Comían los recortes con reverencia, como parte de aquella otra cosa en la que se obraba un milagro maldito de sangre y carne cuyo sólo enunciado caníbal debería estar prohibido para menores. Hago lo mismo contigo, y soy consciente, desear y amar los restos de tu hostia, tus recortes, a falta de otra cosa. Nadie puede culparme por ello, nada ocurre que no suceda en mí.

A la mañana siguiente, todos los conjurados habían salido a Sevilla y tú leías en el porche como si la cosa no fuera contigo, junto a la pantalla portátil que iba destilando mensajes encadenados. Bebía champán frío por ti.

—¿Quieres? Estaba excitada no como una mujer se excita, sino con la taquicardia idiota de las adolescentes o de los enamorados en su burbuja escaparate.

—Yo ya no quiero nada.

Esa manera de expulsarme. He soñado con ello, he sudado en pesadillas.

—Vaya, qué descortés.

—¿Se queda mucho tiempo aquí?

—¿Por qué me hablas de usted?

—Me dijo ayer José que marcháis mañana hacia el DF.

—Lo haces a propósito.

—¿De qué estás hablando?

—Has estado pensando en mí todo el tiempo.

—¿Qué quieres que te responda?

—Que sí.

—¿Que sí o la verdad?

—Que sí es la verdad.

La casa de los Kruggen era una edificación magnífica encalada con porche de arcos sobre la arena gaditana, frente al Atlántico, y más allá, poco más allá, el Faro de Trafalgar. El porche estaba siempre cubierto por una fina capa de polvo procedente de la playa y el visitante tenía la sensación, al menos durante los primeros días, de que se encontraba dentro de la reproducción borrosa de una postal caribe. Ese tipo de casa en la que los zapatos parecen objetos extraños procedentes de un mundo encorsetado y nada puede suceder que no sea sensualidad, belleza y cuerda de guitarra. Son los ambientes que alemanes, británicos y ese tipo de gentes conseguían arrancarle a ciertas playas del sur de España y que fuera de ellos parecía sólo folclore, o sea impostura.

Caminé hacia el mar con la copa en la mano y, cuando regresé de una memorable actuación sin más público que mi deseo y mi furia, ya no estabas, no podía saber desde cuánto tiempo atrás. No teníamos tiempo, no había tantas ocasiones ni tanto tiempo como para perderlo en juegos idiotas. Mi urgencia de eso, fuera lo que fuera, con lo que tú me vestías de enamorada desató la rabia y enredé todo el resto del día con los gitanos, con las recetas de los gitanos y con su música, y cuando llegó la noche yo era un cuerpo depositado sobre mi cama dios sabe por qué manos, por qué pérdida de tiempo, por qué culpa resentida de tu ponzoña y de mi ponzoña y de la ponzoña de la realidad que el tiempo empezaba a acumular sobre nuestra posibilidad conjunta.

—¿Querida, te sentís más firme hoy?

José me sonrió ante la pregunta de tu esposa. Él me conocía con los gitanos, me sabía de memoria y jamás se le habría ocurrido afearme ese tipo de gestos que para él me convertían en un capricho aún más deseable, una pieza más exótica. Mis gitanos de Cádiz... Podría tararear todas sus noches en cada una de estas noches que la muerte me impone, un mantra, una plegaria, el bendito rosario de la apóstata, podría hacerlo de la misma manera que uno eleva su oración a un dios en cuya existencia nunca ha tenido ni fe ni esperanza. Aquí mis gitanos son el sueño de un loco desatado en optimismo. Mis gitanos murieron. Todos. Uno a uno. Murieron como murió la música y como la alegría, ese tipo de alegría.

En cuanto a tu mujer, le habría pateado la boca. Así, de un golpe de tacón, pero iba descalza. Y no, no me sentía más firme, sino terriblemente expuesta y vulnerable. Como haber perdido una mano decisiva y saber que a partir de ese momento te guiará el desespero y por eso no tendrás más remedio que manejarte con cautela, odiando la cautela.

Compartimos el aperitivo, con todos pero nosotros, la comida y para la sobremesa nos volvimos al porche. Ni una mirada, ¿qué quieres y para qué?, vete y déjame sola, no quiero jugar, ahora me duele, ahora ya quiero morirme sin ti y quiero desconocerte paso a paso y borrar todas las veces que he dibujado de memoria tu perfil de guerra como el refugio que una niña pinta en la pared de detrás del radiador para sentarse a llorar tranquilamente y también quiero que tú me sobrevivas para que no dejes de sufrir nunca jamás.

—¿Una ginebra?

Esa voz, joder, esa voz tuya como si la hondura. No quería mirarte. Todos seguían bebiendo para celebrar alguna victoria pasajera y casi nada, menos yo. Yo estaba aparte, de nuevo la adolescente, que esta vez se lamía las heridas. No quería mirarte, pero.

—Muy gracioso.

—¿Quieres una ginebra o no?

—¿Y tú qué quieres?

—Yo quiero una ginebra y ya la tengo.

—Sí, bueno, una ginebra.

—Se nos quedó la otra a medias.

El gato y el ratón. Y el adolescente, y el imbécil.

—Se me llevaron.

—Eso me dijeron luego.

—¿Te dolió mi partida?

—Tú marcha fue mi espuela. Eso eres todavía.

DÍA 5

Esta noche han entrado en mi cuarto. De repente, el Puesto del Este ya no es refugio, es otra cosa, no sé qué nombre ponerle, no quiero nombrarlo, y el Capitán no ha vuelto. Me he despertado con la certeza de que ahora no queda nada más que la amenaza, y la sospecha de que el Capitán no volverá. Nunca había estado fuera más de dos días. Su sitio está aquí y él sabe lo que pasa en su ausencia, lo que puede suceder, él conoce a las personas. ¿Qué hace, por qué no vuelve, por qué no está aquí ya? Empieza a faltar de todo, no como para que cunda un sentimiento de escasez extrema, pero sí su promesa. Quedan los animales que se cuelan. Afuera aún hay vida. Multiplico el barro en el pan, divido las raciones. Me he despertado con esa certeza amenaza y al incorporarme he visto que alguien había orinado durante la noche junto a la pata de mi cama. Por ahora, prefiero pensar en León. Lo prefiero porque sé que no ha sido mi hijo.

No es la primera vez que el Capitán sale, pero sí la primera que no vuelve. Parece una simpleza, pero eso es exactamente lo que piensan los habitantes del Puesto, que es la primera vez que el Capitán no vuelve. Por ahora no tenemos muestras de nada. Me refiero a que nada nos hace sospechar que haya muerto, y te aseguro que esas muestras de las que hablo pueden existir de forma apabullante. Los primeros que abandonaron el Puesto lo hicieron poco después de que nos cercaran, algo así como un mes después. Eran siete, tres hombres y dos mujeres, una de ellas con dos hijas adolescentes. Cuando nos levantamos ya no estaban. El Puesto del Este se encuentra encaramado en la montaña, mirando al mar, una vieja casa de familia que José conservaba en la costa de Cataluña y en la que yo no entré hasta que el primer ataque nos dejó atascados en el aeropuerto de Barcelona. Una casona del siglo XVIII con tres plantas y torreón bizarro de la que tuvimos que expulsar a los fantasmas de blancas mujeres insatisfechas y hombres dedicados a la botánica para tomar asiento. En cuatro días, ya conoces a José, se convirtió en cuartel general para los grupos del norte de España y el sur de Francia. Levantada en pendiente, en medio de un bosque de pinos piñoneros, ahora todas las ventanas están tapiadas, y el ala norte y el torreón, caídos. Ya no es una casa pero cuando llegamos las vistas invitaban a olvidarse del combate y leer y volver a preparar limonadas con menta, como entonces. Cuando entendimos que los de afuera no iban a entrar, que simplemente iban a dejarnos morir aquí dentro y que cuanto más durábamos más rentables les íbamos a resultar, desatrancamos la puerta y alguna vez, algún día de sol, el Capitán abría una rendija como para sentir que su desespero podía echar a volar. También separamos algo los tablones de las ventanas, de manera que su luz era también la nuestra.

Aquel día en que los primeros salieron, oímos los golpes mientras tomábamos la primera ración del día, que yo me empeño en llamar el desayuno. El horror todo lo ocupa si llega. Un primer golpe fuerte contra la madera de la puerta principal hizo el silencio y el comedor recuperó la posibilidad del terror. José se puso de pie y avanzó unos pasos hacia la entrada. Vimos cómo el segundo golpe no conseguía producir en su movimiento o su gesto la más leve variación, ni el tercero, ni el cuarto, pero daba la sensación —el horror espesa el aire— de moverse bajo el agua, o entre la niebla densa de una ribera. Alguien se levantó y llevó a los niños hacia la planta de arriba, sólo gestos, a la habitación trasera en la que los habíamos instalado desde el cierre de la casa. Pero el horror ensucia, ablanda los huesos y se instala como grasa rancia en los alveolos pulmonares, en las circunvalaciones del cerebro, sobre los párpados que de repente pesan enemigos, el horror mana de las narices de los horrorizados como alquitrán ponzoña, el horror llena la boca de vómito, el horror son siete cabezas cortadas y lanzadas contra una puerta detrás de la cual los niños beben un simulacro de leche elaborado con cal, agua y manteca, el horror de cinco cabezas adultas y dos cabezas adolescentes a las que se les ha arrancado la cabellera y los ojos y la lengua en alguna liturgia matinal, alimento para perros, ya nunca parte de aquellos seres, alimento para las almas de los bárbaros que chupan los pellejos de sus amados cadáveres, alimento para el dios putrefacto, ese horror despedaza el alma más curtida y el Capitán abrió y cerró la puerta, apenas un segundo, y luego, vuelto hacia nosotros emitió un bramido sangriento, morado, asesino con sed de alimañarse, y tomó aire una milésima de segundo para seguir bramando espuma en la boca y la pechera, caído de rodillas con los puños contra el pecho y con todas las muertes y las mutilaciones recorriéndole el rostro hacia su propia muerte que abrazándolo más amante que nunca buscaba despertarle su deseo fatal.

Aquel día en que los primeros salieron comenzamos a morir.

Sin embargo, aún no tenemos constancia de la muerte del Capitán. Aún puede estar vivo. Y también aún, o ya, puede estar lejos.

Entiendo la tensión que existe entre ellos, ¿por qué no iba a hacerlo? Y su rabia y su miedo, pero no quiero que sean los míos. Me gané la enemistad de la mujer llamada Maura de un sólo golpe seco. Sequedad, sí, eso. Las mujeres somos así, incomprensiblemente, imperdonablemente viciosas de la herida. Intentó entablar una relación conmigo después de que cesara el desbarajuste de los primeros días. La rechacé, y eso no se perdona. No puedo formar parte, no quiero formar parte. Ella venía en representación del resto, la necesaria cabeza del grupo, la persona que se corona con el Dejádmelo a mí, y a ella la dejaron en cueros con su corona puesta, intacta, fuera de lugar, y fui yo quien lo hizo y eso no se perdona. La herida. Yo no lo perdonaría, pero tampoco me pondría jamás esa corona, porque tengo mis plumas y mis cartas y barajo, yo barajo bien aún.

No es mi papel. No la ternura ni la proximidad. Habría resultado muy fácil bestializarnos, el Capitán es el freno, y yo lo adorno, siempre todos al borde del aullido. No entraré en detalles pequeños, los piojos y los demás insectos, las ratas, alimento, la caza de las ratas, la falta de agua con el jabón de ceniza, el hedor en el que nos cocemos. No quiero que eso me roce tampoco. ¿Por qué no pueden entender que mi supervivencia pasa por preservarme de ellos, de esa forma en la que sus organizaciones y sus actos delatan la sumisión a la muerte y la barbarie? Necesito seguir limpia y eso pasa por no compartir el aire que les envuelve. Si no miro la muerte, la muerte no existe. Si no miro la descomposición. Me odian por ello, puta soberbia, dicen, y dicen loca, muerte, incluso deseo, y me miran con ojos de revólver y puñal.

Imagínate entonces que tú ya no existes. Imagínate que el Capitán no vuelve. Imagínate todas estas cosas sin asideros. Estas cosas...

—Me vas a follar hasta partir la playa.

—Te voy a dar vuelta, te voy a sacar el alma.

Como en un confesionario, jugamos a los susurros rodeados de cerca por todos aquellos con los que acabábamos de compartir la mesa, el tono casual, como quien habla del tiempo. Todo el resto sobre la sobremesa, nosotros diciéndonos las cosas con la pose de hablar sobre la calidad del café, en ese mismo tono.

—Hazme gritar.

—Más haré.

—Quiero gritar hasta ahogarme.

La voz, el timbre, el volumen en el que se comenta la salud, la considerablemente estable situación familiar, con la mirada puesta en un horizonte que ya sólo pertenece al resto.

—Iré dentro.

—Con los dedos, con la boca, con la polla, con todo el esqueleto, ven y empuja con todos los huesos.

—Morderte...

—Hazme daño.

—Morderte más...

—Más.

—Hasta el fondo.

El Atlántico en Cádiz huele como si acabaran de abrir la lámpara del genio. Un genio al que pedir,

más, exigir derecho de intimidad en forma de burbuja para un deseo que ni aire necesita.

—Fóllame hasta la muerte, me dejaré matar.

—Te voy a partir con la verga.

Pero algo allá cerca, ay, algo lejanísimo allá cerca
empezaba a quebrar la magia, cogía la lámpara y en
sus manos la lámpara era de cristal. Y empezaba a
crecer el deseo de salir corriendo.

—Ven.

—No.

—Ven... vámonos, Ernesto.

—Me vas a obedecer.

—Ven.

—No.

Desde allá cerca en la mesa de los comensales,
los ojos de Gorostidi, viscosos como su propia consistencia, desentrañaban certeramente el diálogo
que no oían, y su invitación era mi náusea. La mirada que me lanzó y una sonrisa que dejaba entre-
ver la lengua, no se podía saber si voluntariamente,
me obligó a levantarme. Salí sucia y recuerdo que
lloré sobre la cama hasta dormirme.

DÍA 6

TENÍA que suceder en algún momento, y esta mañana ha sucedido. El Puesto del Este, sin amparo. Los
niños son la parte vulnerable de mi fortaleza, tengo
los niños al aire. Como vestir un modelo primoroso,
exquisito, cuidarlo con esmero, preservarlo de la luz
del sol, el polvo y las polillas, un modelo con un
enorme agujero a la altura del coño. Sin ropa interior
ni manera de conseguirla. Tengo los niños al aire y
esto tenía que suceder, desgraciadas, putas desgraciadas insatisfechas, mal perro las sodomice.

Tampoco estabas hoy en el sueño que han interrumpido, al menos esta vez sin desperdicios, con
la primera claridad del día.

—¡Arriba, ladrona!

—¡Mirad cómo descansa la puta ladrona!

Despertar sin gran sobresalto, con la sensación
de que algo esperado por fin llegaba. He sentido un
ligerísimo escalofrío que tenía que ver con la con-
firmación más que con el susto o la sorpresa.

—¡Madre de ladrones!

La mujer llamada Maura iba a la cabeza. Estaban
todas. En el sueño que ya se destejía la casa de mis
padres era de papel de arroz y madera clara, un sue-

54

ño sin jardines. Otra mujer ha lanzado de un empujón a mi hijo dentro de mi habitación.

—¡El hijo de puta!

La mujer llamada Maura blandía el cadáver de una gran rata en su mano derecha, un extraordinario ejemplar de rata parda, el brazo simulando accesos revolucionarios propios del posado para una fotografía de papel periódico francés.

—Buenos días, León...

—Mamá, era la más gorda desde que llegamos.

El niño ha levantado la vista del suelo y me ha mirado sin sorpresa ni culpa ni más tristeza que la que ya acostumbra arrastrar.

—Sin duda, León, sin duda.

—¡Pesa más de medio kilo, mamá! Entonces han reaccionado.

—Estos son unos ladrones, ¡¡unos putos ladrones!!

—¡Roban nuestra comida!

—Miserables...

—¡¡¡Miserables!!!

—A saber desde cuándo.

—Sí, ¿desde cuándo?

—Desde siempre, ¡miradlos! Ahora ya no hay que preguntarse por qué están tan tranquilos.

—¡Devuélvanos los animales! ¿Dónde los guarda?

—¡Todas a buscarlas! ¡¡¡Todas a buscarlos!!!

Mientras me vestía, me calzaba e intentaba colocar mi melena en algún orden, las mujeres han arrasado mi dormitorio. Tampoco quedaban muchos objetos ni utensilios, pero esos pocos amueblaban mi supervivencia, eran parte importante, aún no puedo saber si fundamental, de mi supervivencia. Ellas ignoran el dolor que infligen. Esto es lo que conservaba después de haber retirado hace ya tiempo lo combustible: el armazón de metal de una cama de matrimonio, un jergón ya desventrado de hojas secas, trapos y pinaza, media mesa de mármol, un poyo de granito, una barra de hierro de la que colgaban: tres restos de abrigo de paño en gris y cámel, un chal rojo y verde de lana, un chal negro de punto y un retazo mediano de sábana de algodón color caldero; dos fragmentos grandes de lo que fue un espejo de cuerpo entero, y un arcón de latón que contenía: dos fotografías familiares, media docena de cordones, un juego de agujas, cuatro horquillas y varias gomas de pelo, una piedra de arcilla para usar en los pómulos, tres botas de cuero, cinco zapatos del pie derecho, tres zapatos del pie izquierdo, un ejemplar de *Il Gattopardo* de Lampedusa, un ejemplar del *Pedro Páramo* de Juan Rulfo, un ejemplar del *Testamento* de Rilke, unas cuarenta páginas del los *Cantos* de Leopardi y páginas sueltas de Rubén Darío, Borges, Thomas Mann, García Lorca, Ernest Hemingway y John Dos Passos.

No ha quedado nada. Absolutamente nada mayor a un dedo pulgar de León.

León, mi pequeño príncipe.

—Mamá, ¿te ayudo con el pelo?

—Creo que este pelo es un incordio. ¿No te parece que todo este pelo sobra?

En ese momento dos mujeres deshacían uno de los espejos golpeándolo con un resto de metal.

—No sé. Me gusta tu pelo.

—¿Dónde está la pequeña?

—No te preocupes, ella no se asusta.

—¿Tú te asustas?

—¿De qué iba a asustarme, mamá?

Mi príncipe León se hace el valiente. Sufre, sufre mucho con todas las cosas que pasan, y esta mañana ha sufrido, pero me he dado cuenta de que lo excepcional de la situación exigía de él un nuevo personaje, y ha sabido calzárselo.

—Mamá...

—Dime.

—Yo no he robado esa rata.

—Claro que no, qué tontería.

—No, no me hables así, no la he robado.

—León, yo no creo que la hayas robado.

—Mamá...

—Dime, mi valiente.

—Era un regalo.

Podría haber llorado hasta que mi cuerpo fluyera y los huesos se quedaran en sal y no resultara de mí más que el dolor y el amor bailando sobre la tumba del último resto del mundo. He sonreído.

—La pequeña y yo la cogimos ayer por la noche para ti. Esta mañana te íbamos a dar una sorpresa.

No sé de dónde vienen las casualidades, quién las maneja para que sucedan, de dónde los encuentros. No sé qué papel tiene el azar. Nuestra historia: el azar en la provocación. La costa mejicana se tira al Pacífico para despertar los deseos de otros sueños, más calientes, para la piel extrema. El cuerpo se transmuta, vehículo. ¿Qué sabe uno de su cuerpo, qué puede saber, antes de enfrentarlo al Pacífico central? ¿Qué baile baila el diablo en tu centro? ¿Y tú qué sabes de ello? Tenía que volver a suceder.

—Dame toda la muerte hasta dejarme en grito. Quiero morir aquí.

La aproximación lleva un tiempo crispado, una cueca de vueltas en el aire, ritmo, pateo y agazaparse, voy pero no llego, a punto de acercarme, a punto de rozarte pero no, no todavía, arde, a punto de rasgarnos la distancia, un rondarse de husmeo, un cerco en el terreno del otro, imán, centro, imán y el zarpazo, hasta el choque, empieza el combate, embiste la bestia, en la lengua la memoria del fuego del conquistador, en el dolor una furia de demonios lascivos, soltar, soltar el músculo, abrirse a la víscera, déjate, déjate más, sé, sé, no seas, desmadejarse, absolutamente, subir, trepar el alarido, sentir la muerte jugando al infinito, absolutamente, la ofrenda, abandonar al ser, dejar de ser humano, este cuerpo no existe es sólo vía, ya no hay posibilidad de dios en mí, hacia la sima, un castigo, bajar, bajar, bajar, conexión con los muertos, la náusea, así soy, así estoy, sacrificio gozoso, esto soy, no hay más, mira todo, toma, tómalo, mírame, vete, mírame de lejos, ven ven corre este sudor este jadeo ah el grito ah el grito sigue por ahí sí más quiero gritar hazme morir dámelo y entra entra fuerte entra ¡no! no me toques sólo entra embístelo dame más joder sigue ahí entra más llega al fondo rompe rómpeme rómpelo ya.

—Ámame que te duela.

—Mujer. Mujer...

Contra la tapia blanca de una callejuela sin salida no queda escapatoria. Dejar la tapia blanca y embestirla, mancillarla sin salida, dejar contra la tapa blanca de una callejuela mejicana clavado un retrato del mal del deseo sin salida.

—Mi amor, señor de mi ansiedad.

—Esto no debe suceder así.

—Esto es así. Es. Así es.

En El Coacoyul todas las calles corrían a tu encuentro y el azar con nosotros. En la calle aquella ni los perros ni los hombres ni el recuerdo de dios tuvieron arrestos.

—Qué casualidad. Otra vez.

—Ya no hay salida. No hay casualidades, mujer. Se viene la muerte. Sal de mi vista para siempre o ven.

En el pequeño pueblo de El Coacoyul teníamos que volver a encontrarnos porque si no chocábamos ya definitivamente nada iba a detener la búsqueda enferma y el rastreo.

—Pues mi casa es su casa, señor.

La pequeña india podía tener setenta años o veintiséis. Te conocía igual que las indias conocen a todos los hombres blancos que arrastran sangre de balas como un tigre arrastra su cola. Sabía que su casa, cualquier casa que tuviera, era tu casa en el momento en el que tú lo dijeras así. Para ella, la muerte que anunciabas era una lectura más fácil que el jeroglífico de la hormiga sobre la tierra pisada del suelo de su casucha.

—¿Quién vive aquí?

—Pues nadie vive aquí, señor, usted si quiere. Era para mi hijo, pero ya no lo tengo más, al hijo.

—Estaremos dos días.

—Después de que ustedes se vayan, pasarán dos meses hasta que me regrese a limpiarla.

Se coló los billetes bajo la manga y fue como si no hubiera existido. Ni su aroma de cuero sin ventilar quedó como testigo. Entonces volvimos a caer como habíamos hecho unas horas antes en plena calle, para devorar el tiempo que no teníamos, con tiempo por delante: las uñas de los pies, diez puntos rojos entre tus dientes, uñas de alimento primero, las rodillas, los muslos, los dedos de las manos, de nuevo a gritos, la pausa de papaya y de fresas y banana, el vientre, un corte de papaya penetrado, los pezones con fresas, de nuevo el abandono, y después otra vez y otra más con tequila de fuego y otra y una de nuevo con la luz de la mañana. Porque el diablo retira el cansancio a los que se le venden por placer.

León ha salido a unirse a los niños y entonces la ausencia del Capitán ha creado un agujero oscuro en medio de mi mundo arrasado. Es una culpa lejana la que siento y la que me obliga a justificar su marcha. Pero su marcha es injustificable. Me sorprende que a estas alturas del desastre aparezca la culpa entre los restos, esa culpa que no sentí cuando de verdad vivíamos, y que quizás ahora irrumpa para hacerme palpitar. No ha sido un abandono, no he sido abandonada yo, porque él ya no estaba aquí por mí ni por los niños desde hace meses. Ha sido una deserción, su marcha cambia el funcionamiento habitual de este ejército estropajoso, su marcha abre la puerta a los perros asesinos, a los perros de dentro, y convierte el refugio en carnicería. Nadie, y él menos que nadie, puede dudar de esa transformación. Ahora sólo es cuestión de calcular cuánto van a tardar en darse cuenta de eso que yo ya sé, que el Capitán no regresará, que su deserción es una muerte aplazada y por entregas, pero temo que en su mediocridad también a eso llegarán tarde, llegarán tarde a la muerte. Yo me habré adelantado.

DÍA 7

Todo ha cambiado ya definitivamente. Esta noche
he dormido sobre el suelo, junto a la pequeña colina de destrucción que levanté con todos los restos.
Ahí se apilan ahora trozos de cuero, lata, tela, espejo,
hierro y papel. Todo mi mundo en un montículo de
apenas medio metro de alto junto al que he descan-
sado como quien se tumba a abrazar las cenizas del
difunto convertidas en objeto votivo. Los perros han
llegado esta noche hasta las puertas de la casa, he
vuelto a oír sus uñas contra la piedra del porche y
en la parte de atrás, sin ladridos. Al levantarme todo
había cambiado ya definitivamente.

No he preparado el desayuno, no he puesto la
mesa, no he elegido los cubiertos ni he colocado los
manteles ni he amasado el barro con la harina ni
he encendido el horno. Sí he cantado, pero sólo para
los míos. Me he cubierto con lo poco que queda, lo
que rescaté ayer sobre mi cuerpo, y he recogido a
León y a la pequeña cantándoles la canción de la
Princesa Pepa, cuyo bufón consigue ser príncipe gracias a una bola de opio, como un caramelo de limón,
agrio y dulzón. Los caramelos es algo de lo que uno
no se preocupa en los desastres. Para la pequeña un

caramelo es una bola de opio que convierte a un enano jorobado en un galán. El autor se la cantaba al niño cuando era bebé y no teníamos inquietudes en aquel mundo que ya he empezado a no recordar. A la pequeña le encanta, supongo que es su ración de caramelo, y León me mira como me miraba José, su padre, cuando me portaba mal, como un adulto mira a la niña mala que se queda en traviesa y da risa, pero no se puede uno reír. Creo que sé hacia dónde voy.

Cuando sitiaron la casa, pensamos en una batalla, medíamos el tiempo aún. Quienes se encontraban aquí, quedaron dentro por azar. De nuevo, el azar. No eran amigos ni exactamente compañeros. Algunos estaban de visita, otros venían por ver si había llegado ya algún arma, también estaban los pululantes y los refugiados. En total, sin contarnos al Capitán, a León, a la pequeña y a mí, son trece hombres, catorce mujeres, cinco niñas, tres niños y un joven de nombre Daniel. Estaban aquellas dos adolescentes que habrían hecho más llevadero el sitio al joven Daniel, pero su madre se las llevó a morir. Al menos tomó una decisión, aquella mujer tomó una decisión, aunque le costara su cabellera y sus ojos y su lengua y los de sus hijas, y la vida les costara, actuó. Mucho más de lo que hacen todos estos miserables. Yo tengo mi propia lucha contra la muerte. Hasta esta mañana esa lucha era una. No: hasta que ayer aquellas mujeres entraron y destrozaron mis armas, mi lucha contra la muerte era una, y ahora mi lucha contra la muerte debe ser otra. No caeré en la resignación de quienes me acompañan, no esperaré que la muerte llegue y nos extenúe hasta la nada, no jugaré al juego de los bárbaros. Son mis maneras. No son las maneras del Capitán, desde luego, las maneras armadas, los sacrificios de los compañeros, las prisiones y los sacrificios, esa interpretación dolorosa de la cosa común. Mi lucha era mantener la vida, mi lucha consistía en seguir viviendo, no dejando que la vida sucediera, sino viviéndola. Mi vida. Pero ahora.

El joven llamado Daniel se siente incómodo con lo que ha sucedido. Es el único. Bueno, y los niños, que siguen esperando junto a la mesa su ración de costumbres, su normalidad. Nunca más la tendrán, no al menos esa normalidad. Caigan pues con sus padres. El joven llamado Daniel me descubrió ayer y ahora se siente incómodo. Se habría sentido incómodo también por haberme descubierto, pero ahora lo siente doblemente porque tras haberme descubierto ya nada es lo mismo, cuando por fin tenía un cabo al que agarrarse, un asidero como de la luz, igual deslumbrante e inútil.

Pese a que subía a llorar, quién sabe si por inercia o por hambre de sentir algo lejano a ellas, a ellas que no sienten, comencé a desnudarme. Ayer subí a mi ruina nublada. Como siempre, actué lentamente, pero en el pecho me latía una munición de rabia sin que pudiera saber si iba a hacer explosión o cuándo, sólo que estaba allí y que palpitaba. El único cambio era un ligero temblor en las manos. No hacía sol. Temí que el frío fuera a restarme sensibilidad, no sé qué recuerdo me ha hecho pensar que el frío deja la piel sin sensaciones, pero no ha sido así en absoluto, algo más de tensión sí. Ya estaba extendida y abierta cuando supe que había alguien. No temí que fueran ellas, ninguna de ellas, son demasiado cautas para seguirme, demasiado cobardes para mirarme y demasiado pesadas como para que un ruido lejano no anuncie con tiempo su proximidad. Los hombres no se acercan a mí, con ellos no hubo duda. Lo primero que pensé es que podía ser León, pero él no me habría espiado en silencio, no va con su estilo. Por eso supe casi instantáneamente que era el joven llamado Daniel quien había seguido mis pasos hasta la torre caída y quien en ese momento me miraba desde alguna de las rendijas. Su silencio me fascinó. No es fácil acceder hasta la abertura por la que me cuelo, mucho menos en silencio, sin que una mínima arenilla arrastre su sonido. Al saberme mirada, una humedad de estilo algo inmaduro regresó a mi cuerpo. Podía haberme agarrado a ella para recuperar. Si en vez de ocurrir ayer, el joven llamado Daniel hubiera venido a espiarme un día antes, sólo un día antes, creo que habría vuelto a barajar los naipes y habría regado ese esqueje. Un joven con esa felinidad, esa capacidad para el silencio, tan incorpóreo asegura un buen lugar de refugio y cierto vuelo.

Sí, he actuado para él. Sólo eso.

—Mírame sólo.

Hay hombres cuyos cuerpos se imponen y otros que se depositan. Sobre el camastro de El Coacoyul, tú. Todo el resto de los conjurados, a unos kilómetros, en Zihuatanejo. Sobre ti, mi cuerpo ocupando su lugar en el tiempo. A un lado, el espejo en la tina de loza parecía reflejar tus grandes húmeros, parte del largo esqueleto que tus músculos apenas alcanzaban a cubrir, alzados para rodearme la cintura, carne sobre tu carne dura. Hay hombres que te empujan al placer, contra el placer, y otros que como tú se instalan a mirarlo y con ese gesto lo encienden hasta que deciden participar, hasta que intervienen. Entonces, la lava lo cubre todo. Hay hombres que estallan en volcán y otros que son la lava, una lengua ardiente que devasta sin piedad ni intención, absolutamente, que llega para cubrirlo todo, absolutamente, y ser ya la piedra misma.

—Te he traído más fruta.

—No pienso salir de aquí, querido.

—No salgas. Yo te alimento.

He llevado a León y a la pequeña a mi dormitorio. A él le ha resultado muy bonito el montón de los restos.

—Parece una escultura.

Se ha ido acercando despacio, con aire hipnotizado y se ha sentado con las piernas cruzadas, como suele hacerlo, ante el monumento a mi desastre. Ha pasado media hora poniendo orden en la construcción, colocando un trozo de cuero arriba, un cacho de lata abajo, desplazando los restos del chal, estableciendo su propia estética en materiales y colores. De pronto ha debido de decidir que ya estaba hecho y se ha levantado de un salto.

—¿Qué vamos a hacer ahora, mamá?

—Creo que esta melena mía es un incordio, dadas las circunstancias.

—¿Lo dices porque está sucia?

—También porque está sucia, sí.

Durante todo ese rato la pequeña ha permanecido mirando a su hermano desde la esquina donde estaba sentada. Entonces se ha levantado.

—Mamá.

La pequeña habla siempre en voz baja, creo que no cuenta con la posibilidad de hablar a más de dos personas, y además muy próximas, a la vez.

—Sí, dime, mi niña.

—Mamá, tengo frío.

Cuando una es madre se olvida de que es madre. Esto resulta imprescindible. Una es madre inconscientemente, de la misma forma que respira o parpadea. Pero hay momentos, muy pocos, bestiales, en los que un ahogo súbito y quizás demasiado largo te obliga a hacer consciente el ejercicio de la respiración, boqueando, a manotazos, con el cuerpo entero y toda la conciencia dirigida. Entonces todo, toda tú y todo tu alrededor consistís únicamente en eso, en respirar, eres sólo un ser que respira. Cuando la pequeña me ha dicho Mamá, tengo frío, me ha convertido en un ser madre, sólo eso, de un puñetazo de ternura y responsabilidad y vida. Mi carne ha sido sólo carne de madre y mi existencia por un momento profundamente conmovedor y doloroso ha cobrado un sentido en su necesidad, un sentido último, entiéndeme, en la posibilidad de paliar el frío de ese misterio diminuto que podría ser mi futuro, que debería serlo, que podría haberlo sido. No perdono, no perdono. Dios, habría llorado, la habría estrujado contra mi cuerpo hasta clavarme sus huesecillos en el corazón. He sonreído. Me he sentado en el suelo y los dos, León y la pequeña se han abalanzado a mi lecho.

Soy su lecho.

—Ahora vais a ayudarme. Creo que voy a necesitar vuestra ayuda.

—¿Para cortarte el pelo?

La pequeña, qué manera de crecer en silencio.

—Sí. Me vais a tener que decir si se me olvida algún mechón, porque ahora ya no tenemos espejos.

Cuando he regresado con las tijeras de la cocina, los dos me esperaban muy serios, de pie, dispuestos a cumplir una misión que los asustaba un poco. León se ha convertido en un niño alto y flaco en el que se adivina la amplia osamenta de su padre, aun-

68

que desalimentada, y los rasgos indios. El único resto de mi blancura lo muestra en los ojos, de un azul cristalino, y sin embargo oscuro, que permanece asombrado. La pequeña sí es una criatura blanca y transparente, de lacio cabello casi albino, un ser que parece no ensuciarse con lo que le rodea, como si no conservara recuerdo de nada anterior al encierro. Sus ojos, en cambio, son los ojos negros sin matices del Capitán, sobre unos pómulos altos, raciales, y muestran su misma determinación serena. Se podía observar en sus caras, que aún les retratan sin trampas, hasta qué punto les tensaba el ánimo la idea de ver a su madre cortándose la magnífica cabellera.

Cuando una tiene una larga y resplandeciente cabellera casi blanca resulta inevitable que acabe convirtiéndose en su propia cabellera, como cuando una tiene unos enormes ojos amarillos o dos tetas colosales o una joroba irregular sobre el lomo izquierdo. Pura metonimia rubia. La Rubia, la Polaca. ¿Y qué es una rubia sin pelo? Cualquier cosa pero no una rubia. Y aún menos La rubia. Creo que, a su manera, mis dos hijos eran hoy muy conscientes de ese despojarme de mí misma que estaba a punto de llevar a cabo, y les asustaba.

He vuelto a arrodillarme en el sitio en el que nos habíamos abrazado minutos antes, y ellos conmigo. Primero he cortado el pelo en recto hasta la altura de la nuca. No es fácil cortar una melena espesa con tijeras de cocina, así que me ha llevado tiempo. León ha sido el primero en reaccionar. Cuando han empezado a amontonarse algunos mechones largos, el niño se ha levantado y poco a poco, casi de uno en uno, los iba depositando en el montículo de restos que antes había reorganizado. Al cabo de unos minutos, la pequeña lo ha imitado. Cuando ya no quedaba nada de la melena y ningún mechón llegaba a rozarme los hombros, he usado la mano izquierda para ir separando las greñas de la cabeza y la derecha para cortarlas por debajo, lo más cerca del cuero cabelludo que podía. Aun así, León ha tenido que echarme una mano con la parte de atrás. Sólo se oía el chasquido de las tijeras y de vez en cuando los pasitos de los niños, qué circunspectos, sobre la piedra del suelo. Los tirones y la tijera me hacían daño, pero la ternura que sentía en ese momento por ellos ocupaba todas mis capacidades de sensibilidad. Tanto es así que el hecho de perder el pelo no me ha provocado ningún tipo de sentimiento, ni bueno ni malo.

Al final, he estado un buen rato pasándome las manos por la cabeza, donde queda una capa de pelo de unos dos centímetros, o tres o uno o medio, según las zonas, y ninguna herida, mientras los niños seguían su labor de amontonamiento en los restos. Entonces puede que haya sentido un remoto sentimiento de alivio, o puede que sólo fuera extrañeza.

El pelo ha transformado mi pequeña colina de destrucción en algo siniestro.

Luego he mirado a los niños y el dolor se me ha llenado de agujas y de tijeras y de puñales.

La primera vez que maté, después soñé con puñales. Soñé con puñales y estaba despierta. Agarraba fuerte el puñal con la mano derecha por miedo a que el sudor lo hiciera resbalar. Estiraba el brazo para imprimirle fuerza y después me clavaba el puñal en el vientre. Sobre la mesa de mi sueño esperaban nueve puñales más, después de la primera y única vez que maté y no lo hice con puñal. Pero entonces ya sabía que todo había empezado su fin y habíamos echado a andar hacia la muerte, ésta que ya siento tan cercana.

DÍA 8

YA NADIE espera que el Capitán regrese. Yo no lo espero. Si lo espera el resto, no me importa. Yo soy alguien. Yo soy nadie. Nosotros tres somos todos. Esta mañana he salido y mi aspecto ha despertado muchos comentarios —he oído la palabra loca, la palabra puta, la palabra pobre y la palabra culpa— y ninguna risa. Al principio los niños han corrido hacia sus padres, lo que ha provocado una reacción centrípeta entre nosotros tres, León, la pequeña y yo. Después, como era de esperar, todos los críos han querido tocarme la cabeza. La mujer que destrozó con sus dientes algunos de mis zapatos y cuyo nombre es Sara ha abofeteado a su hija por hacerlo. Mi recuerdo del Capitán crece alimentado por la certeza de su desaparición. Si le diera tiempo, abandonaría su existencia real, los recuerdos de su existencia real, y se convertiría en mito y personaje, pero no tendrá tiempo.

—Mira qué casualidad ir a encontrarla por aquí.
Una emerge de tres días en la sima del amor y de la muerte como el pétalo deshojado de una amapola o como el ala de una mariposa. En ese preciso instante en el que la lámina de seda esplendorosa y

casi inexistente que yo era salía por la puerta de la pequeña casa de El Coacoyul, la alcanzó la bota de un hombre tras pisar toda inmundicia que el mundo pueda amontonar contra la suela de los miserables.

—Gorostidi.

—Sí, querida, su viejo Gorostidi. Me dijeron que usted también estaba en El Coacoyul. Me ha costado encontrarla.

—Ya me iba.

—Me ha costado encontrarles, debería decir. Pero vamos adentro, por favor.

—No.

De un empujón. Gorostidi usó un empujón, algo que un espectador casual podría haber confundido con una invitación de gesto vehemente, pero que yo sentí de forma clara junto al mareo y el golpe de un aterrizaje en picado. Era un tránsito imposible, yo no existía en ese momento más que en el encuentro amoroso y en esa entrega exagerada que propician los estados de tensión final, el sexo frente a la muerte, el sexo como celebración de la vida, o incluso celebración de la muerte. La entrega al absoluto.

—¿Y para mí? ¿No hay nada para mí, Polaca?

La casa de la que hacía menos de una hora tú habías salido ya no tenía nada en común consigo misma. Sobre aquel camastro habíamos invocado al diablo del deseo salvaje, habíamos gritado de placer,

aullado de dolor, llorado de impotencia y agradeci-
miento, contra aquellas paredes habíamos sangrado
descuidadamente en torbellino, la tierra pisada de
aquel suelo pobre aún tenía frescas nuestras humedades, y sin embargo no quedaba nada de nosotros
cuando Gorostidi ocupó su espacio dentro, todo lo
desplazó y lo desapareció.

—Venga, rubia, ahora me toca a mí. Escupí.

—Así me gusta, mi rubia brava.

Pese a que ahora lo recuerdo e incluso soy capaz
de narrarlo con algún orden, entonces todo fue un
barullo de dolor e impotencia y cuando abrí los ojos
en el suelo era otra vez de noche, y la cara se me
había secado en barro y sangre contra la tierra pisada. No podía creer que aquel infame me hubiera
golpeado, pateado y amenazado, no podía entender
de dónde venía aquello, cuál era la raíz.

—A José no le va a gustar nada, zorrita, no le va
a gustar nada de nada que se ande volteando a su
amigo Ernesto, un hermano, carajo, un hermano para
él, eso no se hace, mi puta, eso va a tener que saber-
lo su marido, y cuando lo sepa menos todavía le va
a gustar saber que es público, que él lo sabe y todos
lo saben, mi puta, tantito menos le va a gustar, a otros,
sí, ande a putear con otros que no importan, pero no
a su hermano, carajo, no a su hermano del alma.

—Usted es un sapo repugnante. Usted no merece ni que le mire, ja, gordo asqueroso. ¿De verdad
ha considerado en algún momento, jaja, que tiene

alguna posibilidad de que siquiera, jajaja, considere su existencia de rata?

Cuando alguien te agarra del pelo y estira con tanta fuerza que parece que va a sangrarte el cuero cabelludo a chorros, lo descubrí entonces, un mecanismo nubla la vista y resulta imposible ver la velocidad de rayo con la que se acerca el muro contra el que te van a reventar la cara. Luego el estómago, las patadas, el suelo, los mordiscos y la orina pasan a formar parte de la insólita normalidad en el dolor que se te instala inmediatamente.

—José estará encantado de que le informe. El Capitán es un hombre tan justo como colérico. Jamás le perdonará a Ernesto la traición. Se va a quedar usted sin su nuevo amante, Polaca, y va a venir a buscarme, ya lo creo que vendrá. Y si se da prisa, aún puede que me encuentre usted a mí antes de que yo encuentre a su marido.

José, ay... Tras el paso por Cádiz, José ya había empezado a ser otro. Él tenía claro todo lo que iba a suceder, la ruptura de las redes, el silencio, el blanco en las comunicaciones, la desconexión necesaria para el golpe antes de la limpieza total de sangre y fe. Cuando uno ha crecido en la lucha y se ha formado en clandestinidades eléctricas y ha mamado cárceles, mesas de disección, tijeras, jaulas y picanas, cuando uno maneja todos los hierros de matar sin excepción lo demás es un paréntesis. La vida lo es y también las cosas de vivir. Junto a José, tu elegancia, Ernesto, ponía el toque militar, y la brutalidad de Gorostidi, el toque castrense, los tres después de cárcel juicio y muerte, hombres siempre soldados, esa hambre combatiente como los niños juegan con los soldaditos de plástico que venden en sobres los kioscos de pueblo. Los tres habíais sobrevolado después algún gobierno izquierdo de aquí y de allá, fugaces intervenciones frente a una organización total e indudable que más allá os observó como el entomólogo hace. Viejos sabios de la política más dura, vosotros fuisteis los primeros en oler el futuro. Mi cruce en vuestras vidas era parte de la maquinaria, pero el amor y los hijos cambiaron mi suerte, los dados, mi preciosa baraja de *hacker* excéntrica. Vosotros supisteis pero no pudisteis convencer, no tuvisteis las armas necesarias, y los bárbaros os ganaron la mano. Luego, aquellos que veían los miembros apilados al sol, las hogueras, aquellas atrocidades que hicieron con los hijos de los muertos, aquella sutil forma de eugenesia, se echaban las manos a la cabeza, Cómo puede ocurrir aquí, Cómo no haberlo visto venir. Y luego decían Quizás, quizás estas cosas son necesarias, Hay que sobrevivir, no hay que mirar atrás. Yo lo recuerdo, yo alcancé a verlo y oírlo como un vómito llega, yo aún estaba allí presente, no sitiada, cuando los que iban quedando, tras el pavor de las mutilaciones y tras la imposición del silencio, empezaron a menear las cabezas de aquella manera que quería decir En fin, quizás esto era lo mejor, si todos están de acuerdo, y todos parecen estarlo, quizás sí es mejor así. Yo vomito al recordarlo todavía.

Por eso justo antes de aquel momento, porque sabía, él sabía, a José mis aventuras empezaban a resultarle una novelita por entregas de noche de guardia. Yo ya no importaba nada porque nunca compré mi sobre en los kioscos, porque dejé de jugar antes de la primera menstruación, porque el sacrificio es una forma de claudicación en mi cabeza, el sacrificio es una pérdida de tiempo. Pero tú. Tú, Ernesto, eras su hombre, el hermano, la cara de su cruz, el estratega de aquel ejército vencido antes de empezar la guerra, dignificado en él y en ti. Ya en el suelo supe lo que tenía que hacer. De la misma manera que vi mi propio juego con la claridad del dolor en plena cara. Estaba jugando sola. Completamente. No había nadie allí, José había desaparecido corriendo tras la idea de sí mismo en guerra, no estaba ni estaría más a mi lado de aquella manera en la que quise creer. Tampoco estabas tú, porque no habías estado en ningún momento más allá de mi construcción de ti, del *patchwork* tejido con los pocos momentos de tu debilidad.

Y después decidí olvidar esto último.

Hoy los niños han tardado más de lo acostumbrado en salir a jugar. Después de que la mujer llamada Sara abofeteara a su hija por tocarme la cabeza, nos hemos retirado a mi habitación con un desánimo que, dadas las circunstancias, podría resultar ridículo pero tenía la pesadumbre de una mañana de Reyes sin regalos, aun en la guerra se compra pan, se amamanta, se riega la ilusión.

—Mamá, a mí me parece que estás muy guapa así. —León hablaba en nombre de él y de la pequeña, a quien tomaba de la mano.

—Sí, yo me siento guapa.

—Pareces un guerrero.

—Pero yo no soy un guerrero, mis niños, nosotros no somos guerreros.

—El Capitán es un guerrero.

—Sí, él sí.

—¿Por eso se ha ido?

La pequeña observaba nuestra conversación agarrada de la mano de su hermano. Al mirarla he tenido la sensación de que era mucho mayor que él, incluso mayor que yo, y que ella ya sabía cosas que nosotros no tardaríamos en descubrir.

—No sabemos si se ha ido.

En realidad he querido decir No sabemos si se ha ido para siempre, pero me he dado cuenta de que decirlo equivalía a una afirmación. Por otra parte, no tengo ganas de engatusar a los niños, ya no.

—Mamá, sí se ha ido. Yo tampoco soy un guerrero, como tú. La pequeña y yo no somos guerreros, y nos vamos a quedar a tu lado y no nos moveremos hasta que vuelva el Capitán o hasta nunca nos moveremos si el Capitán no vuelve.

DÍA 9

ESTA noche los niños han vuelto a dormir conmigo.

¿Por qué no lo hacían antes, siempre? El estado de sitio consigue que una obedezca dictados que en otras circunstancias darían risa. Como que mis hijos duerman en una habitación común, lejos de mí. Como que mis hijos y el resto de hijos sean la misma cosa. Acuerdos de combate que para el Capitán no admitían réplica. ¿Qué habrá sido de él? La noche ha pasado como pasa una tarde de sol junto al río a punto de caer el invierno. La proximidad de León y la pequeña casi ha conseguido borrar a los de afuera y ni a los perros he oído. Es sorprendente cómo duermen los niños, esa capacidad para que la intemperie no les enturbie el descanso. Su momento.

Al levantarnos nos hemos dirigido al siniestro monumento votivo y hemos jugado a comer cuero. Masticar, masticar, masticar hasta que se nos han agarrotado las mandíbulas y las sienes. La pequeña es la que ha tenido más aguante. A saber las cosas que habrá comido estos últimos meses. Es curioso que no haya pensado en ello hasta hoy, en sus alimentos, sus juegos, sus espacios, ese tipo de asuntos. He cantado algunas canciones de la Piaf, o la misma canción varias veces, no puedo recordarlo, y despés los he mandado a jugar con los demás niños. En la habitación, el Capitán dejó todo lo necesario, lo he encontrado sin dificultad. Hay dosis de cianuro para todos los habitantes del Puesto del Este y para otros tres o cuatro grupos semejantes. He levantado la loseta, he mirado la muerte y por primera vez me la he tomado en serio, pese a que desde que me rapé, la muerte está en mí. Ellas y su destrucción doméstica me la lanzaron. Sentada junto a la loseta, mirando la muerte, todo se ha hecho tremendamente físico, como si la posibilidad de desaparecer reclamara a los cuerpos. Y los cuerpos, los últimos cuerpos que me ocuparon han ido desfilando.

Ahí estaba José, el primero.

Un día, al principio de todo, José me llevó al sur del sur de Chile. Hicimos un largo camino en coche y llegamos a un pueblo de barro, calles de barro, casas embarradas, gente arcillosa. Allí acababan todos los caminos. José entre los mapuches parecía el indio de dios, si es que hay dios en el barro. Sus casi dos metros de cuero curtido modificaban, ¿modifican?, la manera en que la gente se movía a su alrededor. Sonreía su deslumbrante dentadura cuando me ayudó a montar y comprobó mi desconfianza, en los ojos el brillo del indómito. Estábamos a punto de iniciar el recorrido hacia el surísimo Sur bordeando a caballo un precipicio que nos llevaría a compartir su origen, allá abajo del indio, y sellar así algo que a partir de entonces decidimos considerar matrimonio. Su procedencia y mi miedo, dos extremos que nunca acabaron de desaparecer. Ese ha sido el momento exacto que se me ha encarnado sentada frente a la muerte: José junto al alazán en el que acababa de subirme, grande él como la propia bestia y elaborado con la misma materia prima, incluidas las crines, tan distinta del barro que nos rodeaba, a punto de guiarme hacia el origen y nuestro nexo.

Luego has llegado tú.

Nada sexual, no era eso. La imagen de lo tuyo era tu torso imperial contra la luz del Pacífico norte, la mirada perdida en tus horizontes. El espeso cabello blanco, la nariz aguileña y la mandíbula cortada al tajo, cubierto con aquella camisa de funcionario ruso de paso por La Habana. El cuello largo, la calavera y el inacabable esqueleto entero delataban tu estirpe. Todos estábamos sentados en la taberna de El Coacoyul, todos antes de que se rompiera el encuentro y yo matara mi primer y único muerto. Era tan impúdico ese estar unidos en el deseo sin reparar en el resto y sin necesidad de mirarnos, que el recuerdo ha sonado como un grito templado en pleno pecho. Así tañía, quiero recordar. ¿O era sólo yo? ¿Era un espejismo de mis necesidades? Es eso, ¿no? La imagen tuya que hoy se me ha representado frente a la muerte, esa toma continente, ese paréntesis inmóvil de la realidad, ¿viene a representar mi colosal engaño?

Sea o no, elijo olvidar de nuevo estas disquisiciones. Tengo mis urgencias, y ya son necesidades últimas, no me traicionaré llegada a este punto.

Y también, sí, antes de dejarme mecer en los retratos de los niños, también ha desfilado la carne de Gorostidi. Allá en el suelo nada podía ya dolerme, él en el suelo. Sencillamente me pareció un cuerpo que no había sufrido lo suficiente, nada más que un hombre que no había recibido todo el dolor que merecía. No había pensado nunca antes en qué sentiría ante un cuerpo muerto violentamente, ¿por qué iba a haberme parado en esas consideraciones, si nunca he sido una mujer morbosa? Y lo cierto es que el cuerpo muerto violentamente de Gorostidi sólo me produjo la misma repugnancia que el cuerpo vivo de Gorostidi. Después de matarle, yo tuve mi propio castigo y las variaciones de imagen, de la mía, pero ¿Gorostidi? Él no. El cadáver desmadejado de aquel hombre en una posición que recordaba a la oruga cuando pasa de una rama al tronco del pino, ese cadáver que se ha convertido hoy en parte de un álbum de físicos memorables, no supuso ni ha supuesto conmoción alguna en mí.

Así, la mañana ha transcurrido en un posarse lento de la muerte.

—Sabía que ibas a venir, palomita.

Después supuse que todos me habían estado buscando. Supe que José anduvo preguntando por mí en Zihuatanejo durante los cinco días que duró mi encierro, pero José a esas alturas, y quizás así había sido siempre, preguntaba por mí porque tenía entendido que ésa era su obligación, una manera de mantener aquello que ya no era demasiado necesario, sin verdadera intención de recibir una respuesta ni curiosidad por ella. Preguntaron por mí los amigos de Zihuatanejo y tú mismo y tu esposa con sus dedos llenos de oros y manchas oscuras colocándose de nuevo su mechón rebelde. Después supuse que me habían estado buscando pero en realidad sólo habían preguntado por mí, que es exactamente lo contrario. Porque yo seguía allí donde tú sabías. La india mentirosa no esperó aquel bonito plazo de dos meses que había asegurado que guardaría de vigilia después de nuestra marcha y me encontró en la posición exacta en que quedé después del muro, la patada, los mordiscos y la inmundicia. Cuatro días le costó convencerme de que viviera. Los cuatro que me costó a mí entender que no vendrías a buscarme, que aquello que latía sólo estaba entre mis piernas, que tu corazón, de haberlo tenido, me lo había quedado dentro y estabas seco, entender el espejismo y mis propias necesidades después de romper la baraja para recomponerla torpemente tumbada de lado. Reina sin corazones.

Al quinto día, a la luz que entraba por el ventanuco con aire de redada fresca, le pedí a la india lo que necesitaba y ella me trajo un revólver excesivo y engalanado que bien valía todo lo que yo pude darle, que era todo lo que llevaba encima.

—Sabía que ibas a venir, palomita.

—Desnúdate.

—Estás salvándole la vida a un hombre. Y Ernesto es un buen hombre.

—Desnúdate.

Desde el momento exacto en el que vi que Gorostidi iba a desnudarse, y luego a medida que lo iba haciendo, tuve claro que aquello era una oruga, un ser inferior cuya piel no hay que rozar, cuyo contacto hay que rehuir, cuya vida no merece ni el gesto que yo iba a realizar. Por eso no esperé a que estuviera completamente desnudo y cuando le disparé aquellos tres tiros que despertaron más sorpresa en mí misma que en él, sus muecas no llegaron a reptiles y fue el gusano que yo esperaba contemplar.

Aquella fue la última vez que pudiste hablar conmigo, rozarme, darme un calor, y lo evitaste. Una ansiedad esencial era la que conseguía que mis extremidades tiraran de mí como si tuviera algo más que un puro necesitarte y el dolor de la certidumbre. Habían dispuesto el cadáver frente a la caseta aquélla sobre la arena de El Coacoyul en la que nos reuníamos para convencernos de que éramos algo más que una panda de desahuciados. José nunca me dijo nada, aunque yo sabía que él sabía. También sabías tú, y ni siquiera recibí un gesto. Ese no preguntar por las evidencias de mi carne violentada, ese evitar la herida, era sólo otro espejo para mi soledad absoluta. Creo que erais los únicos que enseguida, tan listos, soldaditos de sobre, ligasteis ausencia, revólver, rubia magullada, muerto. Y también creo que vuestras interpretaciones eran divergentes. Tú tenías más datos que José. En cualquier caso, él ya nunca volvió a ser mi marido y a duras penas consiguió mantener una relación afectiva con León. A la pequeña no la consideraba ser humano. Había corrido la voz entre vuestros compinches y se decía que traición y que escarmiento y que asesinato, pero ellos no importaban, porque ellos nunca estuvieron entre nosotros en esto que yo cuento. Los anfitriones levantaron una especie de estrado tosco sobre la playa y allí colocaron el ataúd apresurado al que no me acerqué. Dejasteis que lo rodearan de calaveritas, folclore y un afecto que Gorostidi tuvo que morir para despertar en alguien. Dejasteis que las cosas del sepelio sucedieran mientras tomabais las últimas decisiones y ya empezabais a partir, empezábamos a hacerlo, cada uno a su destino y a su propia muerte. ¡Y claro que podría haberme acercado a ti! Si todavía guardaba entre los muslos el calor de tus apremios... Pero la ansiedad de raíz, la ansiedad de saberme sola en absoluto y tener que olvidarlo terminantemente, sólo daba para que los músculos de mis extremidades arrastraran junto a mi marido aquello que de mí quedaba, algunos pasos por detrás, como queda el fantasma del castillo macizo cuando ya no hay castillo.

No sé cuánto tiempo llevaba sentada sin luz de sol esta tarde cuando León ha interrumpido agitado mi ensoñación. Traía en brazos a la pequeña. Los dos tenían sangre en los labios, y raspones en la cara. El niño llegaba sin el astroso jersey de lana que eligió para encarar el frío, a pecho descubierto, piel morena como el bronce de su padre sobre cuyo cuero tracé un futuro que no existiría. Sobre la espalda y el vientre del hijo, sobre mi León, había un dibujo agrio de golpes, arañazos y mordiscos.

—No pasa nada, mamá, no pasa nada, nada.

—¡León!

El niño ha dejado caer a la pequeña y se ha abalanzado a abrazar mis tobillos.

—¡No salgas, mamá, por favor, por favor, no salgas ahí afuera!

Sus cuerpos son mis cuerpos. Sus tiernas carnecitas no conocían más dolor que el hambre como juego y la dura digestión de la cal y del barro, sólo el dolor de jugar a una vida más dura, pero juntos. Un golpazo de rabia y de amor sin paliativos me ha puesto a temblar de forma incontrolable, he podido sentir cómo todas las junturas y todas las ternillas de mi consistencia separaban sus ranuras, cómo desde el centro de mi vientre un buitre sin piedad se abría paso a picotazos desgarrados hacia la garganta y desde allí luchaba por romperme el alma con las alas. Me he despojado de la pieza de tela que me cubría y he rodeado con ella a León. La pequeña no ha dicho nada. Sólo se ha agarrado a mi pierna y ha dejado que fluyera el llanto, sus ojos como lagos sin fondo, sus ojos para ahogarme bajo la capa de hielo azul agua que ya los cubrirá hasta el final. Por el amor del diablo puto, ¿por qué esta niña, por qué todo existe, por qué existe todo esto si esta niña existe? he evitado gritar por amor.

—¿Qué ha pasado, mi León, cómo estás?

—Ellas han sido.

Abrazada a mí misma con mis hijos dentro hemos ocupado nuestro sitio en el suelo, ellos temblando conmigo.

—¿Quiénes?

—Ellas, mamá, las mamás han sido. Les han dicho a los niños que les hemos robado la comida y que nosotros les vamos a cortar las cabezas, mamá, las cabezas, ¿qué les pasa?, ¡cortarles las cabezas!, y que tenían que pegarme. Pero han empezado a empujarme ellas y me llamaban ladrón y...

León no ha llorado al contármelo. Su primer miedo, que era un miedo por mí y por mi reacción, ha ido perdiendo fuerza cuando se ha dado cuenta de que yo iba a permanecer allí con ellos. Mi sitio, con ellos. Y mi rabia.

—¿Las mamás?

—Sí, mamá, han empezado las mamás porque

yo creo que los niños no querían pegarme, mira que Enrique ni siquiera me ha pegado, ni Lara, pero ellas han empezado y luego los niños parecían animales, qué brutos, y luego han empezado con la pequeña, porque la pequeña se ha echado a morderles, y luego ya no me acuerdo porque me ha dado mucho miedo... ¿Te importa?

—¿El qué?

—¿Te importa que haya tenido miedo?

—Me gusta que hayas tenido miedo.

—Contigo no tengo miedo. Sobre todo ha sido por la pequeña...

—Mi León bravo...

—Tenías que haberla visto, mamá, ha cogido la pierna de la mamá de Juana y le ha pegado un mordisco que casi le arranca un cacho, y luego la mamá de Juana se la ha quitado de una patada y ha salido corriendo, pero la pequeña se ha levantado de un salto, parecía un gato salvaje, ¿te acuerdas de los gatos salvajes de aquella peli que vimos en Madrid?, pues parecía un gato salvaje y ha saltado encima de la mamá de Ton y se le ha agarrado del pelo que casi se lo arranca, pero luego de golpe he tenido mucho miedo, porque la pequeña aunque parezca una salvaje no es fuerte y ¿te imaginas que le pasa algo estando sola conmigo? He tenido miedo y por eso la he agarrado y hemos venido corriendo y ellos en cuanto han visto que veníamos aquí se han parado, ja, porque este es el cuarto del Capitán, y cuando vuelva papá les va a dar una tunda de palos, que se van a acordar toda su vida.

—León, mi León, abrázame fuerte.

Después de un rato hemos oído unos gritos parecidos a una pelea, pero como si se tratara de un combate de celebración, y no llegaban de fuera, sino de dentro. Voces femeninas jaleando y otras voces femeninas que emitían gruñidos y esos sonidos que el esfuerzo provoca en la garganta y que están cosidos a la fuerza física. Por un momento he pensado que íbamos a oír los aplausos, pero pronto se ha hecho un silencio habitual que ya ni los niños rasgan. Me pregunto qué comerán ahora sus hijos, con qué frecuencia y con qué sabor. No me importa. Mis afectos están acotados a su mínima expresión, y por eso tan intensos: León, la pequeña, mi construcción de ti y el recuerdo del Capitán, que ya no tiene cuerpo.

DÍA 10

He dejado mi vida en esta causa que no es mía, mi hogar es un Puesto del Este, mi marido es un capitán de ningún ejército, mueran mis hijos junto a mí. Vivo asida al recuerdo de un muerto, amando la muerte porque es mi único motor, mi vida. Tú no me amaste nunca, no así como he fingido y fingí creer. En cambio yo he vivido en ti todo este tiempo, por ti he sobrevivido durante estos meses últimos y ésta ha sido mi lucha. Esta noche los bárbaros han aullado sus oraciones. Los perros han arañado puertas y muros. Los niños, mis niños hermosos, mis pobres niños sin futuro ni amparo y yo hemos murmurado los nombres de los lugares donde vamos a viajar hoy para escapar de todas estas cosas. Samarcanda, Malasia, Estambul, Bengala, Portofino, Katmandú. Yo moriré en París con aguacero en un pasado en el que alguien recuerde París y tú seas algo más que mi necesidad de saber que todavía existo.

Me pregunto ahora por qué he llegado hasta esto, pero no temas, me lo pregunto sin conocer la culpa. Es por las cosas de los hombres, la ternura que me despiertan las cosas de los hombres y que aun en estas circunstancias, después de lo que acabo de hacer, a punto de darme a los bárbaros, logran conmoverme. La ternura que me despierta el hombre que piensa, que toma decisiones, que duda, el hombre que se arriesga a expresarlo públicamente, frente a mi indiferencia por el obediente, el correcto, el coherente, el que no busca ni buscó ni se mira ni se enfrenta. La ternura por el que decide amar, el que es capaz aún, por el hombre que se sienta a dialogar hondamente, que conoce la belleza y su sacudida, el que recuerda, decide recordar y el que enuncia, el hombre capaz de asumirse desnudo y a los gritos en medio de la calle y decirlo en voz alta. El hombre sucio, que suda, tiembla, se enoja, el que se desespera, el que todavía sufre desengaños, el que se conmueve, el que siente compasión y siente rabia, el generoso, el que se entrega en cueros transido de pudor a la muerte en el instante sexual, como entonces nosotros. Y José, mi Capitán lejano, la ternura por el colono y el que monta su estirpe en la tierra, en esta tierra maldita. La ternura que he vertido en los hombres barajando para creerlos grandes, por agrandarlos. Hoy he matado a mis dos hijos, León y la pequeña, de cuyo nombre ni siquiera he hecho uso, con dos dosis de cianuro dirigidas a los combatientes. Por nada siento culpa más que por haber participado en algo cuyo resultado es esto, la no vida.

Ahora dejaré estas notas que no tienen más destinatario que yo misma, junto a los papeles y los lápices que nadie aquí ha usado, abriré la puerta principal de este Puesto del Este que un día, hace más de cien años, habitaran gentes que bebían limonada con hielo y hoja de menta, y saldré a enfrentar a los bárbaros porque es ya el único gesto de vida que me queda. Cruzaré los restos inmundos que sé que ahora ya pueblan los rincones del Puesto del Este. No volverá el Capitán, y si volviera, en su estado dudo que recordara que tuvo una mujer que le parió dos hijos. El combate animaliza y exige deserciones tan domésticas que provocan la hilaridad de los coroneles. Todavía recuerdo tu gesto en el aeropuerto del Distrito Federal, esa forma en la que no volviste la cara, en la que decidiste no regalarme la última mirada. No he pensado mucho en ti estas últimas horas, mis hijos han ocupado tanto espacio que a duras penas me he tocado la cabeza. Cuando los he sentado en el suelo de mi cuarto tampoco he llorado. Yo qué sé, quién sabe cómo suceden los actos extremos y los finales. Quizás me queda poco de la humana que fui, aunque te confieso que me siento mucho más humana ahora, qué atrocidad. ¿Qué es eso, al fin y al cabo? Amar, ser amado y realizar los gestos cotidianos elegidos para levantar tus días. Eso y no otra cosa es lo que me he dedicado a hacer durante los últimos nueve meses: amar, ser amada y gestos cotidianos. Ja. Pura construcción de super-vivencia, la pintura del espejismo para beber el espejismo. Quizás creer que bebes el espejismo es de algún modo beberlo. Esa ha sido mi apuesta.

Anoche, ya muy tarde, salí en busca de un par de manteles para cubrirnos. Estaba aterida de frío, no podía dejar de temblar junto a los niños, que soñaban una agitación de aullidos y oraciones, no me cabe duda. Me encontraba casi desnuda, sobre mí los restos de una enagua, los restos de una falda, los restos de una manga, los restos. Me he enrollado en uno de los manteles y he llegado hasta la puerta de entrada. Casi he podido sentir el calor del aliento en el hocico del perro que rascaba la madera. ¿Por qué no salir y acabar con todo? El Capitán no regresará, y si hubiera salido a la muerte, ellas no habrían tardado un suspiro en despedazar a mis hijos. Ayer por la tarde las oí gritar tanto de un modo que me espeluznó. Quizás ya no quede mucha distancia entre ellas y los bárbaros. ¿Y los hombres? Ellos esperan como mineros en el pozo el regreso del Capitán. Una forma como otra cualquier otra de cerrar los ojos.

Esta mañana, muy temprano, he sentado a León y a la pequeña en mi falda y los he acariciado largo rato y les he besado hasta que han sentido una reliquia de normalidad caliente. Entonces, les he dado su desayuno y he esperado a verlos ir. Ya no son nada más que dos cuerpos cuyo futuro estuvo en nuestras manos. Ellos son la encarnación de nuestro feroz fracaso.

Es mi turno ahora, la puerta está sin tranca.

Fin

CODA

El 2 de enero de 2016 un hombre cuya identidad se desconoce fue hallado inconsciente en la playa del término municipal de Huerta de San Juan. La cuadrilla de vigilancia ciudadana que cubre esa área asegura que un grupo de siete niños de la localidad encontraron al varón, de unos sesenta años de edad y sin signos externos de haber sufrido violencia, cuando se disponían a realizar sus ejercicios físicos a la salida del Centro de Educación en el Espíritu.

Los siete niños presentes en el momento del descubrimiento fueron: Gabriel Aparicio (10 años), Ezequiel Cabrera (9 años), Juan de Dios Navarro (8 años), Sebastián González (8 años), Pablo Encinas (7 años), Pedro Santamaría (7 años) y Daniel Expósito (5 años).

La cuadrilla asegura que uno de los críos, el llamado Juan de Dios Navarro, propuso al resto socorrer al inconsciente y que él mismo se desplazó hasta la casa de su familia, situada a una distancia de unos 300 metros, a buscar un recipiente con agua fresca.

En el informe presentado por la cuadrilla de vigilancia consta cómo, según los niños, al darle de beber, el individuo recobró en parte su estado consciente, aunque no su cordura.

Según dicho informe, el niño llamado Sebastián González afirma:

Después de que Juan de Dios le diera el agua, el hombre tumbado en la arena se despertó y nos miró a todos uno por uno y entonces dijo Hijos. Eso dijo, Hijos. Nosotros le explicamos que no éramos sus hijos y nos reímos un poco, pero poco, de él y le preguntamos su nombre, y él contestó: Hijos, yo no tengo nombre. Al principio no le hicimos caso, porque pensamos que estaba loco, pero luego empezó a contarnos historias de guerras y de soldados y de tierras lejanas, y no parecía ya que estuviera loco y además nos divertía mucho.

En el informe de la cuadrilla de vigilancia, el niño llamado Gabriel Aparicio afirma en cambio:

Nosotros no jugamos con él, era él el que se empeñó en contarnos historias de antes de la Guerra y nosotros no le hicimos caso, porque enseguida nos dimos cuenta de que el hombre estaba completamente loco y pensamos que había que avisar a los mayores.

A la pregunta de por qué pensaron que el hombre estaba loco, el mismo niño Gabriel Aparicio contesta:

Nosotros le preguntamos si venía de Santa María la Marina [el pueblo de al lado, situado a cuatro kilómetros de Huerta de San Juan] y si era de allí, por qué no le habíamos visto nunca, porque a ese hombre no lo habíamos visto nunca en la vida ninguno de nosotros ni a nadie parecido a él. Entonces dijo que venía de un lugar al otro lado del océano, en la otra punta del mundo, cerca de la punta del sur, cuando todo el mundo sabe que allí no viven ni han vivido jamás seres de Dios.

A la misma pregunta de por qué pensaron que el hombre estaba loco, el niño Ezequiel Cabrera responde:

Sabíamos que estaba loco por la ropa, claro. El loco iba vestido con un pantalón muy viejo completamente roto por el que le podíamos ver unas partes de su cuerpo que no puedo decir y que no mirábamos, pero que podíamos mirar tranquilamente si queríamos. Encima del pantalón roto no llevaba ropa interior de arriba, ni tampoco camisa, ni ningún tipo de uniforme ni ninguna ropa reglamentaria de los hombres. Llevaba una chaqueta de cuero como las de las cuadrillas de vigilancia pero nada debajo. Esto fue, sí, justo esto era lo más impresionante, porque nadie que no sea de las cuadrillas se atrevería a ponerse sus chaquetas sin estar completamente loco, y mucho menos sin nada debajo.

Sí que decía tonterías, pero es normal que los locos digan tonterías.

La cuadrilla de vigilancia ciudadana que cubre el área en la que sucedieron los hechos asegura que, tras cerca de una hora de charla, los niños decidieron avisar a algún adulto. No obstante, en su informe consta que el niño Ezequiel Cabrera afirma:

Cuando nos dijo que era militar y que venía de la otra punta del mundo, decidimos avisar a los mayores. No pasaron ni diez minutos entre que lo descubrimos y salimos a avisar. Lo que pasa es que algunos fuimos a avisar a nuestros padres y otros se quedaron a vigilar que el loco no se escapara.

A la pregunta de cuántos se quedaron, el mismo niño Ezequiel Cabrera responde:

Creo que tres. Allí estábamos todos los niños del Centro de Educación en el Espíritu del Pueblo, que somos sólo siete, porque los mayores ya estudian en la iglesia. Yo me fui corriendo, creo que me fui el primero. Se quedaron, estoy seguro, Sebastián González, Juan de Dios Navarro y Pablo Encinas, que son muy amigos y que se estaban riendo del loco. A los demás nos daba la impresión de que el loco podía ser peligroso.

A la pregunta de por qué les parecía que aquel hombre podía resultar peligroso, el mismo niño Ezequiel Cabrera responde:

> Bueno, porque no era un hombre normal. Era un hombre como un gigante, muy alto y muy grande, con la piel oscura, marrón oscura casi verde, un loco muy fuerte que decía cosas raras y peligrosas, y no lo conocíamos y no llevaba el uniforme reglamentario ni el uniforme de familia ni el uniforme de cuadrilla ni el de la Iglesia. Yo creo que había robado la cazadora de cuadrilla que llevaba puesta y que ese hombre podía ir sin ropa, no puedo decir más.

El niño Gabriel Aparicio expone, a petición propia, su versión de por qué les parecía que el hombre podía resultar peligroso:

> Ningún cristiano existe sin nombre, porque Dios nombra a todas sus criaturas y por su nombre las conoce, y por eso decir que no tienes nombre es una ofensa a Dios, y por eso también pensamos que ese hombre sin nombre podía ser fácilmente un enviado del Diablo o el mismísimo Diablo en persona. Y además Ezequiel Cabrera, que es el que más sabe de estas cosas, dijo que el Diablo no tiene nombre y que seguramente el Diablo tenía un aspecto parecido al del loco, que no tenía por qué ser el mismo Diablo, pero podía ser un demonio, porque el Diablo tiene

muchos demonios que manda al mundo y eso se sabe.

La cuadrilla de vigilancia hace constar que los niños Pedro Santamaría y Daniel Expósito, los menores del grupo, se muestran en todo momento de acuerdo con las afirmaciones de sus compañeros Gabriel Aparicio y Ezquiel Cabrera, y que no desean añadir nada al relato de éstos aparte de que ellos también fueron a avisar a sus familiares.

Ni la cuadrilla de vigilancia ni los muchachos que marcharon a buscar a sus familiares pueden explicar, por razones evidentes, lo que sucedió entre su partida y el encuentro de los adultos con el desconocido, al que se refieren como el Endemoniado.

En cuanto a los tres niños que quedaron custodiándolo, éstas son sus versiones:

Después los otros se fueron y nosotros nos quedamos a hacerle compañía porque no parecía que se encontrara muy bien y porque nos estaba contando cosas interesantes, cosas como que tenía unos hijos y que se iban a morir todos sus hijos y por eso quería que lo acompañáramos a la salida del pueblo, pero nosotros no podíamos acompañarle aunque daba bastante pena, porque nuestra misión era esperar. No hicimos nada, ni siquiera nos reímos ya, porque las cosas que contaba no daban risa. Quería coger un tren y luego

nos preguntó si había barcos cerca, por eso empezamos a pensar que los otros no tenían razón y que no
era el Diablo ni un demonio, sino que sólo estaba
realmente loco. (Juan de Dios Navarro)

Yo creo que el hombre tenía hambre, porque todo el
rato se agarraba la tripa así. Cuando le dijimos que
los trenes hacía tiempo que no funcionaban ni los
barcos, ni los aviones, y que sólo los miembros tenían
coches y aviones y que en realidad no hacían falta ni
los trenes ni los barcos, el hombre primero pareció
que se iba a poner furioso, y se puso colorado como
un gallo colorado y se levantó con los puños cerrados
y empezó a dar vueltas pero casi sin moverse, pero
luego se echó a llorar y se tapó la cara con las manos.
Entonces nos dio tanta pena que ya no nos reímos
más. Como nos había dicho lo de sus hijos, que se
iban a morir y eso, que todos se iban a morir, yo
pensé que a lo mejor él había sido de una cuadrilla
o de la Iglesia y que lo habían echado y que a lo mejor lo estaban buscando. Yo creo que un demonio,
y mucho menos el Diablo, no llora, y mucho menos
de esa manera que daba tanta pena, vamos hombre,
¿cómo va a dar el Diablo tanta pena? (Sebastián González)

Pero es que no hay trenes y las personas normales no
necesitan los coches ni los aviones, y si no los necesitan los normales imagínate los locos, por eso no

podíamos ayudarle, y por eso se puso tan furioso primero y luego tan triste que daba una pena que a mí me dieron muchas ganas de llorar o de salir corriendo. (Pablo Encinas)

Luego, de repente, aparecieron los padres, y detrás los niños que se habían ido y algunos niños mayores también, que los habían dejado salir de la iglesia con todo el lío, o que se habían escapado. No lo hicieron bien, no les digan a ellos que yo lo he dicho pero no lo hicieron bien, es lo que creo, porque venían ya con los palos y los cuchillos y las cosas de pegar. Vaya, que estaban como locos, y a mí me dio miedo, a mí y también a mis amigos, Pablo y Sebas, porque si venían con tantas armas era porque el loco de verdad era peligroso, y por eso nos apartamos corriendo, pero luego pensé y creo que mis amigos también lo pensaron, que el loco no era tan peligroso, tan tan tan peligroso, porque nos habría hecho algo, ¿no? (Juan de Dios Navarro)

Lo que pasa es que ellos creían que el loco era el Diablo o un demonio, eso es lo que pasa, y ya venían a cazar al demonio porque los niños les habían dicho que aquí había un demonio, esos bestias. Mira mi padre, si no. Mi padre llegó y me arreó una bofetada que me dejó sentado en la arena y luego mi madre me abrazó y creía que me iba a encontrar muerto, eso decía, que me iba a encontrar muerto. (Sebastián González)

Por eso el loco se puso como loco, porque venían a pegarle, eso estaba claro y cualquiera podía darse cuenta, incluso alguien que no supiera lo de los trenes, y el tío podía estar como una cabra pero no era tonto, que un tonto no cuenta esas historias ni habla de esa manera. Pues que yo, si vienen un montonazo de padres y los de la cuadrilla y todo, cargados de palos y cuchillos de la cocina y garrotes también me habría puesto como loco. Lo que pasa es que el tío era muy grande y gritando daba miedo. (Pablo Encinas)

La cuadrilla de vigilancia describe la operación como "eficaz, rápida e higiénica". Hacen notar que cuando llegaron a la playa, acompañados por una veintena de adultos, aquel al que llaman el Endemoniado se encontraba en estado de fuerte agitación, que presentaba descoordinación de movimientos, el rostro desencajado y que expelía espumarajos por la boca, lo que les hizo temer de inmediato por la seguridad de los tres pequeños que habían permanecido en funciones de vigilancia.

La cuadrilla también quiere dejar constancia de que aquel al que llaman el Endemoniado había engañado a los niños e intentaba llevárselos con él hacia un lugar indeterminado pero en cualquier caso lejano al pueblo de Huerta de San Juan, para lo que trató de conseguir un vehículo oficial.

Dada la urgencia de la situación, el hombre llamado Moisés Aparicio, padre del niño Gabriel Aparicio, declara:

Cuando llegamos el Demonio ya había tomado por completo el cuerpo de aquel infeliz, que se convulsionaba y trataba de agredir a los tres niños que quedaron custodiándolo. Los miembros de la cuadrilla de vigilancia cumplieron con su deber, porque lo primero que había que hacer era poner a salvo a los pequeños, pero no era ésa nuestra misión, porque nuestra misión era plantarle cara al Maligno, que regresaba en el cuerpo de aquel hombre deforme y enloquecido. La Bestia intentó resistirse profiriendo bramidos satánicos que espantaron a las mujeres y a los niños. Gritaba que era el Capitán y no cabía duda de que era el capitán de un ejército de demonios, un demonio mayor, de los muchos demonios que nos acechan. Lanzaba los brazos y las piernas y el cuerpo entero contra nosotros, pero el golpe certero de un garrote, no me pregunte de quién porque no lo sé, lo dejó en el suelo. En ese mismo momento yo mismo aproveché para cortarle la cabeza y acabar así con la Bestia y que volviera la Paz.

Últimos días en el Puesto del Este, de Cristina Fallarás,
se terminó de imprimir y encuadernar en enero de 2025
en los talleres de Leitzaran Grafikak, Martin Ugalde Kultur Parkea,
Gudarien Etorbidea, 29; 20140 Andoain (Gipuzkoa).
En su composición, elaborada en el Departamento
de Integración Digital del FCE por Silvia Suárez Castillo,
se utilizaron tipos Karmina.